Hartmut Brümmer

Straßenbilder

Das Buch

Paul hat alles verloren: Arbeit, Frau, Wohnung, Freunde. Seine Taschen sind leer, so leer wie auch sein Kopf, in dem kein Gedanke verfangen will, wie er aus dieser Situation herauskommen kann. Antriebsarm begibt er sich auf die Suche nach einer Bleibe, landet schließlich auf der Straße. Hier trifft er auf Georg, einen Mann, den ein ähnliches Schicksal ereilt hat.
Die beiden Männer raufen sich zusammen, so gut es geht. Paul gerät mehr und mehr auf die schiefe Bahn, während Georg sich seinen Aufzeichnungen widmet, die er »Straßenbilder« nennt.
Das Zusammenleben der beiden Männer findet jedoch abrupt ein tragisches Ende.

Der Autor

Hartmut Brümmer hat nach dem Studium der Sprachen Russisch und Tschechisch an der Berliner Humboldt-Universität viele Jahre als Übersetzer vor allem auf dem Gebiet Technik gearbeitet. Seine Lebensstationen waren Berlin, Frankfurt a. M., Hamburg, Lüneburg.
Seit seiner Pensionierung widmet er sich verstärkt seiner Tätigkeit als Autor literarischer Texte. Von ihm erschienen sind bisher die beiden Romane »Unkenstimmen« und »Das Wagnis« sowie der Erzählband »Heimkehr des verlorenen Vaters«.
Brümmer beleuchtet in seinen Büchern facettenreich Schicksale, wie sie sich aus zwischenmenschlichen Beziehungen zuweilen zwangsläufig ergeben.
Heute lebt und arbeitet Brümmer in einer Dorfgemeinde in der Nähe von Lüneburg.

Hartmut Brümmer

Straßenbilder

Roman

Bibliografische Information der Deutschen Nationalbibliothek: Die Deutsche Nationalbibliothek verzeichnet diese Publikation in der Deutschen Nationalbibliografie; detaillierte bibliografische Daten sind im Internet über http://dnb.dnb.de abrufbar.

Lektorat: Chr. Schüppler, buero@sprachfuchserei.de

Titelbild: iStock.com/Giorez

Verlag: BoD · Books on Demand GmbH, In de Tarpen 42, 22848 Norderstedt

Druck: Libri Plureos GmbH, Friedensallee 273, 22763 Hamburg

ISBN: 978-3-7597-7763-8

1

Als Hedwig den Paul heiratete, konnte sie nicht ahnen, wen sie sich da eingefangen hatte. Die Liebe war auf beiden Seiten groß, keiner tat einen Schritt ohne den anderen. Und was groß ist, wird ewig halten, dachte sie. Sie wollte eine Hochzeit »mit allen Drum und Dran«. Sie bestand auf einem Brautkranz aus weißen Blüten, und geschlossen sollte er sein, das auf jeden Fall, wenngleich von Geschlossenheit schon lange nicht mehr die Rede sein konnte. Unter dem Jubel der Gäste trug Paul seine Braut am Hochzeitsabend auf Händen ins nunmehr eheliche Schlafzimmer, die Nacht währte bis in die frühen Mittagsstunden des darauffolgenden Tages.

»Ist er nicht süß?«, buhlte sie bei ihrer Schwester Selma um Zustimmung zu ihrer Wahl. Selma gab keinen Kommentar von sich. Sie nahm Hedwigs angetrauten Mann näher in Augenschein und fragte sich, was sie an dem nur habe. Ist etwas spillerig, befand sie. Sein nervöses Augenzucken fand sie nervig, wenngleich, das musste auch sie zugeben, unter dem Gezucke große tiefblaue Augen lagen, die auch sie als schön, wenn nicht gar anziehend empfand. Ein See, ein tiefes Wasser, in das man tauchen möchte, dem man aber auch nicht bedingungslos trauen sollte.

Und so entschied sie: blau und falsch.

Nach nicht einmal zwei Wochen Ehe machte Paul ihr die ersten Avancen. Darüber bewahrte sie ihrer Schwester gegenüber Stillschweigen. Paul gab sich nach dreisten Annäherungsversuchen, die im unverfrorenen Griff unter ihren Rock gipfelten, geschlagen. Sie wies ihn brüsk von sich. Sie solle sich nur nicht so haben, reagierte er mit düsterem Blick auf ihre Entrüstung und beließ es bei diesem einen Übergriff. Vorerst. So ganz konnte er sich von der Vorstellung, die Schwester seiner angetrauten Frau ins Bett zu holen, noch immer nicht verabschieden.

Hedwig hatte so ihre Ahnungen, diffuse Gedanken wirbelten durch ihren Kopf. Selmas verhaltene Seufzer, sobald Paul in ihrer Nähe war, ihre fahrigen Hände, das Flackern in ihren Augen, all das konnte ihr nicht entgehen, und so stellte sie eines Tages ihre Schwester zur Rede. Es gelang Selma, Hedwig mehr schlecht als recht von ihrer Unschuld zu überzeugen. Was ihr Selma allerdings nicht gestand: Sie war zunehmend fasziniert von Pauls dunklem Augenblau, in ihrem Innern brodelte der heftige Wunsch, sich besinnungslos in diesen See zu stürzen, es kostete sie einiges an Widerstandskraft, sich diesem Sog zu entziehen. Seine Schmalheit störte sie nun auch nicht mehr. Ein zartes Hähnchen, befand sie, und in ihren Träumen empfand sie eitel Lust, an seinen Knöchelchen zu knabbern. Sein Geturtel brachte sie zunehmend in Bedrängnis. Sie litt. Sie haderte mit dem Gott, an den sie glaubte: Wie konnte er es nur wagen, sie derart in Versuchung zu führen. Allen inneren Widerständen zum Trotz hegte sie die Vorstellung, so attraktiv wie nur irgend möglich bleiben zu müssen, auf jeden Fall attraktiver als ihre Schwester, seine Ehefrau, wenigstens diesen Triumph wollte sie in ihrer stummen Duldsamkeit davontragen. Sie magerte ab. Sich schlank halten, das wollte sie. Doch mit zunehmender Magerkeit ebbte Pauls Bemühen um sie ab. Sie hielt sein geschrumpftes Interesse für rücksichtsvolle Zurückhaltung.

Jetzt war sie es, die ihn umgarnte. Mal mit Worten wie diesen: »Was hat doch meine Schwester für ein Glück gehabt mit dir.« Oder, unverhohlener: »Geteiltes Glück ist doppeltes Glück.« Paul verstand, schritt aber nicht zur Tat.

»Habe ich es doch geahnt«, war einer von Hedwigs Lieblingssätzen. Ihre Ahnungen, dass ihre Schwester es mit ihrem Paul treibe, zerstoben angesichts des inneren und äußeren Verfalls, den sie bei ihr wahrgenommen hatte. Und so hatte sie auch geahnt, dass ihrer Schwester kein langes Leben beschieden sein werde. »Du isst zu wenig«, hielt sie ihr vor. Und tatsächlich wurde Selma von Monat zu Monat weniger, wenn nicht gar von Woche zu Woche oder von Tag zu Tag. »Durchscheinend«, befand Hedwig. »Wenn das so weitergeht, kann man bald das Vaterunser durch dich hindurchpusten.« Selma starb dünn. »Filigran«, bemerkte Hedwig beschönigend. Selma hatte knapp vierzig Jahre überschritten und knapp fünfzehn Kilo ihres Normalgewichts unterschritten. Zu Tode gehungert, wurde gemunkelt. Andere sagten, zu Tode verzehrt, wonach auch immer. Doch sich verzehren, wie sollte das gehen? Steckte hinter diesem

Verzehren nicht auch der Kummer um den Verlust ihres Freundes, von dem man irgendwann einmal gehört hatte und an den sie die Hoffnung auf ein dauerhaftes Zusammenleben über Jahre hinweg geknüpft hatte? Diesem schemenhaften Freund war die Liebe abhandengekommen, und somit ihr die Hoffnung. Paul war eine Art Nachklang dieser Liebe, ein Dessert, von dem sie nie gekostet hatte. Sie schied dahin als ein Schemen, ein Licht, das ausgepustet wurde.

Auch angesichts des Todes ihrer Schwester sagte Hedwig: »Ich habe es geahnt.« Sie hatte Selma geliebt, auf ihre Weise, wie nun mal Schwestern sich untereinander lieben können. Trotz aller amourösen Verunsicherungen, die sie ihr bereitet hatte.

Nun hatte sie keine Schwester mehr. Auch ihre Eltern hatten sich bald nach ihrer Hochzeit und viel zu früh für immer verabschiedet. In der Trauer hatten die beiden einander getröstet, hatte doch die eine jeweils die andere für sich. Etwas wird gut ausgehen, etwas wird böse ausgehen – und so deutete Hedwig jetzt auch das Hinscheiden ihrer Schwester als bösen Ausgang, sie hatte es geahnt.

Nicht geahnt hatte sie ihre fristlose Entlassung bei Henschel & Co., einem Getränkevertrieb für alles, was trinkbar ist. Hedwig bediente dort die Kasse. Zunächst halbtags und auf Probe, sie mache ihre Sache gut, sagte ihr Chef, und so wurde aus halbtags ganztags. Bei Bedarf saß sie auch hin und wieder über die offizielle Öffnungszeit hinaus zum Kassensturz hinter der Kasse auf diesem vermaledeiten Drehstuhl, dessen Lehne durch die jahrelange Benutzung nach hinten wegkippte und nicht mehr ihre Funktion erfüllte. Anlehnen konnte Hedwig sich jedenfalls nicht mehr, und so verbrachte sie dort auf diesem Thron ohne Rückenstütze ihre langen Dienststunden, die ihr gegen Feierabend meldeten, wo sich ihr Kreuz befand. Hedwig entschädigte sich mit kleinen »Unregelmäßigkeiten«, wie sie es für sich nannte, in der Annahme, Henschel & Co. werde das schon nicht merken. Die Kasse musste am Ende des Arbeitstages stimmen, doch Hedwig hatte so ihre kleinen Tricks. Die Kasse stimmte auch, wenn man ab und zu einzelne Artikel kassierte, ohne den Betrag einzugeben. So machten es die meisten. Hin und wieder ließ sie auch ein Fläschchen (für sie war jede Flasche ein Fläschchen, gleich welcher Größe) mitgehen – für ihren Paul, der nicht danach fragte, ob dieses Fläschchen ehrlich erworben war. Ihn interessierte lediglich der Inhalt.

»Von irgendwas muss der Mensch doch schließlich leben«, rechtfertigte er seinen Alkoholkonsum. Seine Arbeit als Bäcker hatte er vor weit zurückliegenden, besser »vielen« Monaten, wenn nicht gar Jahren, aufgegeben. »Meine Mehlallergie macht mir zu schaffen«, hatte er geklagt. Hatte er geahnt oder gar einkalkuliert, wie schwierig es sein würde, ihn in seinem Bäckerberuf neu zu vermitteln?

»Ohne Mehl geht es nun mal nicht«, wurde ihm bei jeder neuen Bewerbung auch von Amts wegen entgegengehalten. Er hatte es mit anderen Arbeiten versucht. Die Lachnummer für ihn war das Angebot eines

Mühlenbetriebs. »Die vom Center haben absolut keine Ahnung«, mit diesem Kommentar tat er auch die Mühle ad acta.

Hedwig kannte seine Gereiztheit, wenn sie ihn auf sein tatenloses Vor-sich-hin-Dämmern ansprach. Sie solle doch froh sein, dass wenigstens sie einen Job habe, reagierte er. Und ansonsten: »Sind wir denn nicht verheiratet? Gehören wir denn nicht zusammen, in guten wie in schweren Tagen? Na also.«

Wie es denn nur weitergehen solle, wagte sie kleinlaut einzuwenden. »Ich ahne nichts Gutes.«

Was nun Hedwig nicht ahnte, ahnte Henschel und Co. Aus dem Stand heraus wurde ihr glasklar und unumkehrbar kundgetan, sie sei entlassen. Hedwig rang nach Luft und Rechtfertigungen für das, was ihr, wie sie meinte, unterstellt wurde. Sie hielt die vorgehaltenen Diebereien und die Selbstbedienung aus der Kasse für Unterstellungen. »Dafür gibt es überhaupt keinen einzigen Beweis.« Wie ein geprügelter Hund schlich sie nach Hause, schüttelte unentwegt und verständnislos den Kopf. Was habe ich schon Schlimmes getan.

Hedwigs Mann Paul saß auf dem Sofa vor laufendem Fernseher. Als Hedwig ins Zimmer trat, traf sie sein kurzer Blick, der für Minuten wie ein Fragezeichen im Raum hing. Sie zuckte mit den Achseln und er hatte verstanden. Keine Flasche, kein Seelentröster. Auch dazu ist sie nun nicht mehr zu gebrauchen, sagte sein unruhiges Geruschel. Er verschränkte seine Arme vor der

Brust, streckte die gespreizten Beine weit von sich, seinen Kopf drückte er gegen die Sofalehne.

»Komm her!«, zischte er.

»Lass das!«, reagierte sie. »Ist doch immer dasselbe. Ich hatte einen langen Arbeitstag.«

Paul schlug die Beine übereinander. Jetzt kriegt er wieder seinen dicken Hals, ahnte Hedwig. Wenn der so weit anschwillt, dass die Adern zu zerplatzen drohen, habe ich schlechte Karten, das kannte sie von ihrem Paul. Helfen kann hier nur noch sein Fläschchen, nach dem er schreit wie der Säugling nach der Brust. Aber heute gibt es kein Fläschchen, und überhaupt wird es nie wieder ein Stillfläschchen von mir geben. Sie war verzweifelt. Sie überlegte krampfhaft, wie sie sich seiner Gereiztheit entziehen sollte.

»Na komm schon!«, rief er in bedrohlichem Befehlston aus seiner Sofaecke. Sie tat ein paar Schritte in seine Richtung. »Weiter! Mach schon, hab dich nicht so!« Sie setzte sich auf ihn, hob ihren Rock an, steckte sein Ding in ihre Öffnung, ließ ihn arbeiten. Sie hasste sein grinsendes Gesicht, das seiner Erleichterung folgte. Sie hätte in dieses Gesicht dreinschlagen können, mal rechts, mal links, immer heftiger. Dieses triumphierende Gegrinse wegschlagen bis zu seiner und ihrer Besinnungslosigkeit. Oder bis zur Besinnung: Was hast du aus uns gemacht, Paul? Und vor allem: Was hast du aus mir gemacht, eine Befriedigungsmaschine? Ein Loch, in dem du dir deinen Lebensfrust wegreibst?

Ja, ich bin ein Loch, so schwarz und auch so tief wie die Nacht. Und alles um mich herum ist nichts als ein

Loch, in dem ich krabbeln kann, so viel ich will, ich komme nicht hinaus.

Danach, als sie die Einkaufstasche auspackte, spürte sie, wie er sie beobachtete. Lange würde sein Zustand der Zufriedenheit nicht vorhalten, da machte sie sich nichts vor. Eine Stunde Ruhe, wenn es hoch kommt, zwei, dann wird er munter, treibt mich zum Wahnsinn mit seinem Gewusel. Läuft in der Wohnung auf und ab wie der Tiger im Käfig. Am besten geht es mir, wenn er schläft, auch ihm geht es dann am besten. Aber er hat tagsüber genug geschlafen, was sonst tut er hier den lieben, langen Tag allein. Er wollte mein Fahrrad in Ordnung bringen, das Licht tut es nicht, die Handbremse auch nicht. Wollte. O ja, was er nicht schon alles wollte. Er wollte sich nach einer anderen Wohnung umsehen, raus aus diesem dunklen Loch hier, dieser Enge, ein Zimmer mehr täte uns beiden gut. Südseite, das wär's. Tagsüber Sonne, große Fenster, die Vorhänge habe ich mir schon ausgedacht: Tüll, cremeweiß. Volants, wie Sabine sie hat, aber bei mir bitte etwas üppiger, Sabine wird staunen. Und, ach ja, die Küche. Immerzu muss ich vor Ungers Küchenausstatter stehen bleiben. Wie das alles blinkt und lockt. »Ungers Küchenzeile« – ein Traum. Plastikbeschläge kommen für mich nicht infrage, ich habe die Nase voll von diesem Kunststoffplunder. Am liebsten hätte ich Messing, aber da muss man so viel putzen. Unpraktisch. Sabine hat gebürsteten Edelstahl. Na gut, warum nicht. Vor allem aber: keine tropfenden Wasserhähne. Das Getropfe in unserer Uraltküche kann ich schon nicht mehr hören, auch die

Dusche im Bad tropft vor sich hin, da kann ich scheuern, so viel ich will, den grünlichen Wasserstein kriege ich nicht mehr weg. Sieht er denn das nicht, hört denn nicht auch er dieses nervige Tropf-Tropf? Aber bei ihm ist mittlerweile scheinbar alles abgestumpft. Hört nichts, sieht nichts. Hat nur noch das Eine im Kopf. Und ich? Was eigentlich tue ich noch hier? Die Tage rinnen weg, und weg ist nun auch Henschel & Co. Das werde ich ihm nicht sagen, und ich werde ihn auch nicht fragen, wie es denn weitergehen soll, so ohne ein festes Einkommen, eine griffige Antwort hat er ohnehin nicht. Die Volants und die neue Küche? Die kann ich wohl in den Rauch schreiben. Ihm wäre das ohnehin egal, er fühlt sich wohl in dieser Wohnhöhle in seinem ausgebeulten Hausanzug. Hausanzug, dass ich nicht lache. Ich wollte dieses Ding waschen, wenigstens einmal nach hundert Jahren. Und was soll ich dann anziehen, wollte er mit weinerlicher Stimme wissen, wie ein kleines Kind, dem man das Lieblingsspielzeug wegnehmen will. Bleib du doch sitzen mit diesem Dingsda, ja, mach es dir gemütlich. Hausanzug und Fläschchen und hin und wieder mein Loch. Ist uns so der Weg vorgezeichnet? Soll das unser Leben sein?

Das Telefon klingelte, es war Sabine. Doch, doch, es gehe ihr gut, reagierte sie auf Sabines Frage nach ihrem Befinden. »Alles in Ordnung.«
Und dann sprudelte es aus ihr hervor: Wie der Arbeitstag verlaufen war, wie nett doch die Kunden zu ihr wieder gewesen waren.

»Der Laden brummt nur so. Und auch der Chef ist eigentlich ein feiner Mann, immer so etepetete.«

»Na, na«, sagte Sabine, »du bist doch nicht etwa …«

»Nicht was du denkst«, reagierte Hedwig. »Er ist mein Chef. Aber das eine oder andere wird man sich doch denken dürfen.« Sie sah vor ihrem geistigen Auge, wie Sabine schelmisch den Zeigefinger erhob. Das Gespräch glitt in eine Richtung, die sie so nicht haben wollte. Woher sollte Sabine auch wissen, dass der Etepetete-Chef sie heute vor die Tür gesetzt hatte? Sie ließ Sabines Flachserei am anderen Leitungsende freien Lauf. Nach langen Minuten Redeschwall unterbrach sie Sabine: Sie müsse ganz dringend noch etwas erledigen, sie werde zurückrufen, sobald sie könne. Sie legte den Hörer auf, sie spürte, wie ihre Ohren glühten. Sie würde nicht zurückrufen, jedenfalls nicht so bald.

2

Am nächsten Morgen verließ sie die Wohnung wie immer um halb acht. Zuvor hatte sie wie an jedem anderen Arbeitstag auch für Paul das Frühstück bereitgestellt. Den Kaffeepott mit dem Männchen machenden Pudel, sein Lieblingsstück, zwei Scheiben Brot, Butter, Marmelade, einen Zipfel Blutwurst, die er so sehr mochte. Paul, erschöpft von der langen Fernsehnacht, nahm ihr Fortgehen wie sonst auch an jedem anderen Arbeitstag nicht wahr, er lag schnarchend im Bett, hin und wieder entschlüpften seinem Mund ein paar gebrabbelte Laute.

Zu vorgerückter Stunde warf er die Bettdecke ab, schlurfte ins Bad, schlurfte zum Fenster, warf einen prüfenden Blick auf den Himmel, schlurfte in die Küche und verzehrte seine Blutwurst. Der Tag zog sich dahin im Nichtstun, das heißt, er verbrachte die meiste Zeit des Tages auf dem Sofa, was er, zu seiner Rechtfertigung, für Tätigkeit genug hielt. Denn was macht Hedwig anderes? Auch sie sitzt den lieben langen Tag. Der eine auf dem Stuhl, der andere auf dem Sofa.

Am Abend gegen sechs Uhr erhob sich Paul aus seiner Sofaecke, schlurfte wiederum ins Bad, schlug sein Wasser ab, warf einen Blick in den Spiegel, überlegte, ob er sich heute noch rasieren solle. Doch um sechs Uhr abends, wer tut denn so etwas?

Er blieb vor der Wohnungstür stehen, hielt sein linkes Ohr gegen die Tür, lauschte. Die Haustür fiel krachend ins Schloss. Er hielt den Atem an. Ist sie das? Er schlurfte zurück zum Sofa und wartete, dass der Schlüssel ins Schlüsselloch gesteckt würde. Aber die Tür öffnete sich nicht. Die Tür der Wohnung gegenüber wurde unsanft zugeschlagen, wie zuvor auch die Tür vom Hauseingang. Was sie nur wieder zu erledigen hat! Ihre Unpünktlichkeit konnte ihn in Rage bringen. Mal zehn Minuten mehr, mal fünfzehn, das Höchste, was sie sich erlaubte, war eine halbe Stunde »Verspätung«, wie er es nannte, wenn ihr Einkauf nach ihrem Kassenschluss sich hinzog, weil um diese Tageszeit im Supermarkt Hochbetrieb herrschte.

Um zwanzig nach sieben schlurfte er wiederum in die Küche, inspizierte den Kühlschrankinhalt, knallte den Kühlschrank missmutig zu, hangelte nach der Keksdose auf dem Bord oberhalb der Spüle, strauchelte, konnte sich aber fangen. Ein 10-Euro-Schein und ein paar Münzen, das war der ganze Doseninhalt. Er stellte die Dose wieder an ihren angestammten Platz zurück, denn er wusste, wie ungehalten sie reagieren konnte, wenn sie mitbekam, dass er in der Haushaltskasse, »ihrer Kasse«, wie sie sie nannte, herumgeschnüffelt hatte.

Mittlerweile war es zehn vor acht geworden. Spätestens zu den Fernsehnachrichten um acht wird sie hier sein, die Nachrichten lässt sie sich nicht entgehen, nie.

Um halb neun schlurfte er abermals zur Eingangstür, legte wieder ein Ohr gegen die Tür. Vom Treppenhaus her Stille, aus dem Hintergrund des Wohnzimmers krachten Colts vom Bildschirm. Verständnislos schüttelte er den Kopf, brummelte halblaut ein paar Unflätigkeiten vor sich hin, spürte, wie eine Wolke aus Wut sich überall in seinem Körper aufbaute, die ihn aufblähte wie einen Ballon, der jederzeit zu platzen drohte. Wenn sie jetzt reinkommt, kann sie was erleben! Doch sie kam nicht. Auch nicht um neun, nicht um zehn. Nach zehn Uhr fiel der Ballon in sich zusammen. Er bediente sich mit dem letzten Zipfel Blutwurst und der letzten Scheibe Brot, der letzten Dose Bier, ließ sich wieder in seiner Sofaecke nieder und stierte vor sich hin. Das Geschehen auf dem Bildschirm flackerte vor seinen Augen, ohne ihn zu berühren, er schaltete das Gerät ab. Halb elf. Wo vorher der Ballon war, war jetzt ein Vakuum. Sein ganzer Körper eine einzige leere Hülle. Auch sein Kopf war leer. Was sie nur noch da draußen treibt zu so später Stunde, versuchte er zu ergründen. Geht sie fremd? Ein aberwitziger Gedanke, den er so schnell strich, wie er aufgetaucht war.

Müde vom Warten legte er sich ins Bett.

Am folgenden Tag wachte er früher auf als gewohnt. Ihre Bettseite war unberührt. Weder ein eingedrücktes Kissen noch eine verrutschte Bettdecke. Ihr Nachthemd hing über der Stuhllehne, so, wie sie es gestern am Morgen nach dem Aufstehen hinterlassen hatte. Was war geschehen, was war ihr zugestoßen? Er hatte das Gefühl, sich nicht bewegen zu können. Nur langsam löste sich die Starre aus seinen Gliedern und seinem Kopf. Ein Unfall? Aber dann hätte sich jemand gemeldet – vom Rettungsdienst, von der Feuerwehr, vom Kreiskrankenhaus, von der Polizei. Doch die Klingel am Eingang blieb stumm, auch das Telefon verharrte in Stummheit. Er hob den Hörer ab, vergewisserte sich, ob die Leitung intakt sei. Ich sollte bei Henschel & Co. anrufen, überlegte er. Aber was frage ich? Ob meine Frau zur Arbeit erschienen ist? Tut man das, ruft man seiner Frau auf der Arbeitsstelle hinterher? Die feixenden Gesichter in ihrem Laden kann ich mir ersparen. Und überhaupt: Wenn sie dort nicht *erschienen* sein sollte, werden die ganz alleine von sich aus anrufen und sich nach ihrem Verbleib erkundigen.

Gegen neun Uhr rasierte er sich, kleidete sich sorgfältig an, setzte die Kappe mit den gekreuzten Golfschlägern auf dem Schild auf und verließ das Haus. Von dem 10-Euro-Schein kaufte er sich einen Ring Blutwurst, eine Packung Aufbackbrötchen und ein Minifläschchen Korn. Nach dem Laden lenkten ihn seine Schritte in Richtung Sparkasse zum Geldautomaten. Kein Guthaben auf dem Girokonto? Wie kann das sein, schüttelte er verständnislos den Kopf. Das ist doch die richtige Karte, das richtige Konto, ausgestellt auf uns beide, das Konto, auf das ihr Monatsgehalt überwiesen wird, regelmäßig, in diesem Punkt ist auf Henschel & Co. Verlass. Er wandte sich um, und da er sich von keinem beobachtet fühlte, startete er einen erneuten Versuch, sich Bargeld zu ziehen. Nichts. Sind wir blank, bin ich blank, schoss es ihm durch den Kopf. Werde ich auch an der Ladenkasse nicht mehr mit der Karte bezahlen können? Eine beklemmende Vorstellung. Doch vielleicht liegt hier ein Irrtum vor, eine Verwechslung, ein Fehler im System. Was hat doch die neumodische Bankenführung nicht alles schon für Schäden angerichtet, ich denke da nur an Lehman Brothers oder wie dieser amerikanische Pleiteladen hieß. Ein Nullkommanichtskonto, das kann ganz einfach nicht sein, kein einziger Cent. Er spürte, wie seine Knie weich wie Pudding wurden, sein Magen krampfte sich zusammen, die Umgebung verschwamm vor seinen Augen. Das könnt ihr doch nicht mit mir machen! Als er sich gefangen hatte, betrat er den Schalterraum, legte die Bankkarte auf den Tresen und forderte den freundlich lächelnden Bankangestellten auf, die Angelegenheit zu klären. »Dieses Konto ist gesperrt, da kann ich nichts tun, leider.« Leider? Wer hat hier wann was gesperrt? »Da kann ich Ihnen keine Auskunft geben, hier ist ein Formular, wenn Sie das ausfüllen, wird man der Sache nachgehen, versprechen kann ich Ihnen nichts.«

Mit dem Formular in der Jackentasche verließ Paul die Bank. In der Wohnung begann er, den Kleiderschrank zu inspizieren. Er glaubte zu wissen, wo sie ihre heimlichen Ersparnisse gewöhnlich aufbewahrte, hinter der Bettwäsche in einem Kuvert, das vom vielen Auf- und Zumachen schon ganz fadenscheinig geworden war. Voller Ungeduld zerrte er die Laken hervor, entfaltete sie, ließ sie auf den Boden fallen. Nichts. Er durchwühlte ihr Wäschefach, warf wütend Höschen und Büstenhalter über seine Schulter hinweg ins Zimmer. Kein Umschlag und somit auch kein Geld. Irritiert schaute er auf die herumliegenden Kleidungsstücke. Das räume ich nicht wieder ein, das soll *sie* doch machen, wenn sie wieder zu Hause ist, wer ist schließlich schuld an diesem Chaos hier? Weiß der Teufel, was sie im Schilde führt, wo sie stecken mag!

Drei Tage nach ihrem Fortbleiben kam ihm zum ersten Mal ernsthaft der Gedanke, zur Polizei zu gehen, um eine Vermisstenanzeige aufzugeben. Es muss ihr etwas zugestoßen sein, zu diesem Fazit war er gekommen. Er hatte begonnen, im Kreisblatt den Polizeiticker zu durchforsten: Diebstähle, Überfälle, Vandalismus an Autos, Party-»Gäste«, die nach beendeter Fete randalierend durch die Straßen zogen und Schaufenster einschlugen, ein Pferd, das sich auf den Friedhof verirrt hatte. Aber keine unbekannte Tote im Wald hinter dem Dorf oder am Straßenrand oder gar in der weitab gelegenen Müllkippe. Frauen, die sich in ihrer Pein in später Nacht ins Frauenhaus geflüchtet hatten, ja, das gab es schon. Doch Hedwig und Frauenhaus? Das hätte sie nun wirklich nicht nötig. Aber vielleicht ist sie auch nicht im Kreisgebiet verschwunden, vielleicht im Bezirk, in einem anderen Bundesland, wer weiß? Ich müsste mir das Bezirksblatt kaufen. Doch wie soll ich dieses Blatt bezahlen? Die Zeitungen werden auch immer teurer. Mir sind ein paar Münzen geblieben, das reicht für ein halbes Brot von gestern; altbacken, zum halben Preis.

Er ging zur Dorfpolizeistation. Von dort verwies man ihn auf das Kreispolizeiamt, dort sei er besser aufgehoben. Der Beamte nahm seine Anzeige entgegen, jedoch nicht ohne den Hinweis, dass das plötzliche Verschwinden einer Person nichts besage, eigentlich. Und drei Tage, was ist das schon. »Eigentlich werden wir erst aktiv, wenn begründete Verdachtsmomente für eine Gewalteinwirkung vorliegen.« Eigentlich, eigentlich. Hätte Paul gekonnt, hätte er diesem polizeilichen Besserwisser sein »Eigentlich« am liebsten um die Ohren geschlagen. Wutentbrannt stürmte er hinaus, eilte kopflos durch die Straßen, vorbei an Läden mit aufreizenden Auslagen, mit lockenden Angeboten: »Kasslerbraten heute zum Sonderpreis!«, »Probieren Sie unsere hausgemachte Leberwurst!«, »Mohnschnitten drei Stück zum Preis von zwei!«, »Landbrot im Angebot!«, alles mit der unterschwelligen Warnung: Nur heute! Ihm schwirrte der Kopf, ihm knurrte der Magen. Er kramte in seiner Hosentasche nach den Münzen, zählte sie nach. Ein Zipfel Blutwurst, aber dann habe ich kein Brot, oder ein halbes Brot, aber dann habe ich keine Blutwurst. Er entschied sich für die Mohnschnitten. Nach dem Verzehr einer Schnitte fühlte er sich etwas wohler. Zwei Stück Reserve, das wird nicht lange vorhalten, so viel sagte ihm sein Verstand. Und wenn ich zu Bethges Supermarkt gehe und mir was in die Taschen stecke, ein Krustenbrötchen vielleicht? Oder ein Glas Blutwurst? Doch gibt es die überhaupt im Glas? Zur Fleischtheke werde ich jedenfalls nicht gehen. Dann also Leberwurst, die Gläschen stehen in Augenhöhe im Regal. Nur nichts Auftragendes, das kriegen die doch gleich spitz, schmeißen mich aus dem Laden mit Hausverbot. Und überhaupt, der Bethge kennt mich doch von früher. Dieser

Schleimer, hat sich sein Superding doch auch nur zusammengegaunert. Den Kredit hat sein Schwiegervater abgedeckt, Bethges Gegenleistung war die Ehe mit Agnes, seiner Tochter, die er zwar geschwängert hatte, aber dann sitzen lassen wollte. Die Bedingung des Vaters: Ehe mit Agnes, sonst wird es nichts mit dem Kredit. Ihr Vater hatte erkannt, wie schlecht die Chancen für seine Tochter standen: verkürztes Bein und uneheliches Kind – keine guten Zukunftsaussichten. Von dir, mein lieber Bethge, lasse ich mich jedenfalls nicht erwischen, so schlau wie du bin ich allemal, schlussfolgerte Paul.

Er blieb an der Bushaltestelle stehen, überlegte, ob er es wagen sollte, mit dem Bus in die Kreisstadt zur Polizei zu fahren, ohne einen Fahrschein zu lösen. Wenn sie mich erwischen? An der nächsten Haltestelle setzen sie mich raus aus dem Bus, irgendwo auf weiter Flur. Dann muss ich zusehen, wie ich den Weg zurück ins Dorf schaffe. Per Anhalter, ja, das werde ich tun. Dann befielen ihn Zweifel, ob für ihn jemand anhalten würde. Die jungen Dinger, ja, die, die brauchen bloß den kleinen Finger heben und schon sind sie weg. Doch ich? Ich hätte mich doch rasieren sollen.

In der Abfalltonne neben der Bushaltestellenbank erblickte er ein zusammengeknülltes Kreisblatt. Ehe er es aus der Tonne hervorkramte, blickte er sich nach allen Seiten um. Da war niemand, der ihn hätte beobachten können. Er glättete das Blatt mit zittrigen Händen und schlug die Seite mit dem Polizeiticker auf. Kein Hinweis auf eine Frau mit einer Beschreibung, die auf Hedwig zugetroffen hätte. Überhaupt keinerlei Hinweis auf irgendeine Frau, die das Opfer einer Gewalttat hätte sein können. Enttäuscht zerriss er die Zeitung und stopfte die Fetzen zurück in die Tonne. Mit hängendem Kopf schlurfte er zurück zu seiner Wohnung.

3

Als es an der Tür klopfte, schreckte er hoch. Hedwig! Das ist sie, war sein erster Gedanke. Doch hat sie nicht ihren eigenen Schlüssel – oder hat sie ihn verloren? Er eilte zur Tür, öffnete aber nicht sogleich.

»Paul?«, hörte er eine Frau auf der anderen Seite der Tür rufen.

Das ist nicht ihre Stimme, erkannte er. Er überlegte, was er tun sollte. Öffnen? Die Frau klopfte ein zweites Mal, wartete. Ich mache nicht auf, entschied er. Dann vernahm er hallende Schritte im Hauseingangsbereich und hörte, wie die Frau langsam, als zögere sie, weiterging in Richtung Ausgang. Er warf einen verstohlenen Blick auf die Straße. Sabine. Sabine entfernte sich, blieb stehen, drehte sich um, hielt ihre Augen auf seine Wohnung gerichtet, schüttelte den Kopf und lief weiter. Er war froh, ihr nicht geöffnet zu haben. Wenn Sabine aufkreuzte, witterte er Unheil. Die beiden Frauen wollten unter sich sein, steckten ihre Köpfe zusammen, tuschelten, sobald er sich ihnen näherte. Immer argwöhnte er, sie heckten was aus, und wenn sie was aushéckten, konnte das nur gegen ihn gerichtet sein. Sabine war für ihn ein rotes Tuch. Ob er denn nicht bei ihrem Bruder anfangen wolle, hatte sie ihn eines Tages gefragt, der hätte was für ihn in seinem Holzmarkt. Zuschnitt: Bohlen, Bretter, Leisten, was so anfällt. »Na?«, setzte sie lauernd nach. Er werde es sich überlegen, reagierte er. Als Sabine dann weg war, hatte er zu Hedwig gesagt: »Mehl bleibt Mehl, ob vom Getreide oder vom Holz. Will deine Sabine mich zum Invaliden machen?« Und damit war der Holzmarkt von Sabines Bruder für ihn erledigt. Auf Hedwigs Einwand, er könnte es doch wenigstens mal versuchen, reagierte er mit seinem hochroten Wutkopf. Um einer sich anbahnenden Eskalation die Spitze zu nehmen, hob Hedwig den Rock und spreizte ihre Beine. Auf Sabines Angebot kamen sie nie wieder zu sprechen.

Was Sabine nur wollte, grübelte er. Ruft doch sonst immer vorher an. Ob sie vielleicht etwas von Hedwig weiß?

Am späten Nachmittag wagte er sich auf die Straße hinaus. Es war empfindlich kühl geworden. Er knöpfte die Jacke bis oben zu und schlug den Kragen hoch.

In Bethges Markt herrschte großes Gewusel.

Der Inhaber durcheilte mit fliegenden hellgrünen Rockschößen seinen Laden. Hellgrün, die Einheitsfarbe, in der seine sämtlichen Angestellten gewandet waren. »Das stimmt optimistisch«, war seine Auffassung. »Hellgrün stimmt die Kundschaft heiter, hellgrün steigert den Umsatz.«

Paul mäanderte zwischen den Regalen, prallte zurück, als Bethge plötzlich vor ihm stand. Zu mehr als einem knappen »Hallo!« und »Na, wie geht's denn so, alter Knabe? Siehst gut aus«, hatte Bethge offenbar keine Zeit. »Der Laden brummt. Und wenn man hier nicht aufpasst … Wie dreist doch manche Kunden sind.« Mit diesen Worten, die er wie einen Wimpel vor sich hertrug, eilte er hellgrün in Richtung Lager davon. Alter Schleimer, du hast dich nicht verändert, räsonierte Paul. Von wegen: »Siehst gut aus.« Ich sehe nicht gut aus. Ich bin unrasiert, schlampig gekleidet, um nicht zu sagen: abgerissen. In der Hosentasche klimpern ein paar Cents, das reicht für eine Lakritzstange an der Ladenkasse. Ich brauche keine Lakritzstange, Kinderkram. Plötzlich befand er sich in der Regalreihe mit den Konserven. Alles zu groß und sperrig, trägt zu sehr auf, befand er. Aber so ein Gläschen Hausmacher Leberwurst … Ihm lief das Wasser im Munde zusammen. Am Ende der Konservenreihe erblickte er einen verwaisten Einkaufswagen. Zögernd näherte er sich dem Wagen, an dessen Griff eine Handtasche baumelte. »Wie leichtsinnig manche Menschen doch sind«, sinnierte er. Zwei Gänge weiter sah er eine Frau mit leicht geröteten Wangen vor den Regalen mit den Auslagen für Pflege, Körper und Schönheit stehen. Sie schnupperte an den Duftfläschchen, schüttelte offenbar unentschlossen den Kopf, arbeitete sich weiter von Fläschchen zu Fläschchen durch, besprühte Probierstreifen, wedelte damit vor ihrer Nase herum, schloss die Augen, zog den Duft mit einem Lächeln um die Lippen tief ein, wandte sich dem nächsten Probefläschchen zu. Paul schlich zurück in Richtung Handtasche mit geöffnetem Reißverschluss. Wirklich, purer Leichtsinn, schüttelte er den Kopf. Aus den Tiefen der Tasche angelte er eine Geldbörse hervor, steckte sie in seine Hosentasche und eilte mit der Beute und mit erhobenen Händen an der Kasse vorbei in Richtung Ausgang, bog um die erstbeste Straßenecke, warf, als er sich unbeobachtet glaubte, einen Blick in die Börse, schüttelte wiederum verständnislos den Kopf: »Wie kann man nur so viel Bargeld mit sich herumtragen!« Er nahm das Geld an sich, steckte es in die Hosentasche und warf die vom Bargeld befreite Börse samt restlichem Inhalt, den er für nutzlos hielt, in einen Abfallbehälter.

Wieder zu Hause fiel er erschöpft wie nach einer kräftezehrenden Tätigkeit in seine Sofaecke. Er leerte den Inhalt der Hosentasche auf den Tisch, zählte nach, runzelte die Stirn: über zweihundert Euro. Er schluckte. Ist das nicht zu viel? Andererseits, überlegte er, wer eine solche Summe mit sich herumträgt, den kann dieser Verlust doch nur kurze Zeit schmerzen. Die gehen doch zur Bank und holen sich von ihrem dicken Konto wieder das, was sie brauchen. Nach dieser Überlegung meldete sich sein Gewissen, lästig wie eine Zecke: Wo bin ich gelandet? Was hast du, Hedwig, aus mir gemacht? Einen Dieb? Von irgendwas muss ja schließlich auch ich leben.

Er steckte einen Teil des Geldes in die Hosentasche und lief wieder dorthin, woher er mit dem Diebesgut gekommen war. Irgendwas zog ihn dahin zurück, ein dumpfes Gefühl, vielleicht hielt sich die Frau noch im Laden auf, beschwerte sich bei Bethge, stritt sich möglicherweise mit ihm, möchte ihn verklagen, wer weiß.

Die Frau war nicht mehr da, der Laden verbreitete nicht die leiseste Spur von Aufgeregtheit. Paul nahm bei

Bethge ein Glas seiner nunmehr heiß begehrten Leberwurst aus dem Regal – Blutwurst von der Fleischtheke, das war Hedwigs Sache –, legte eine Flasche Hochprozentigen in den Einkaufskorb, zahlte an der Kasse ganz legal und korrekt, wie er befand, schenkte der Kassenfrau ein Lächeln und schlenderte hinaus auf die Straße. Kurz bevor er sein Haus betrat, fiel ihm ein, dass kein Brot mehr im Hause war.

Am Abend zog er Bilanz. Mit der Barschaft, überschlug er, werde ich mindestens zehn Tage über die Runden kommen. Und wenn ich den Hochprozentigen weglasse, sogar noch etwas länger. Dann fuhr ihm der Schreck in die Glieder: Wie soll ich die Miete zahlen? Den Strom, das Gas, das Wasser, das Fernsehen, das Telefon? Woher nehmen und nicht stehlen? Stehlen, dieses Reizwort! Nein, nein, entschied er, kommt überhaupt nicht infrage. Dieses eine Mal, aus Not. Ach was, Not – Notwehr, was sonst. Allein schon der Gedanke! Diebstahl! Wenn das rauskommt, das geht doch wie ein Lauffeuer durchs Dorf: Der Paul, der klaut! Dieses eine Mal, das war ein Ausrutscher. Kann das nicht jedem mal passieren, kommt denn nicht jeder mal in solch eine Verlegenheit? Wer weiß, was andere sich so zusammenstibitzen, da möchte ich nicht dahintergucken. Gewissen, dass ich nicht lache! Die lachen sich doch eins ins Fäustchen. Wie hat schon Vater gesagt? Alles kann man machen im Leben, man darf sich nur nicht erwischen lassen. Vater? Nein, so einer war er nicht, jedenfalls kein Dieb. Eine ehrliche Haut, hat Mutter über ihn gesagt.

»Kleine Leute sollten klein bleiben. Währt nicht ehrlich am längsten?« Alles, was Vater zufällig gefunden oder von der Straße aufgelesen hat und für herrenlos hielt, hat er zur Polizei gebracht. Ein 10-Euro-Schein, wer gibt denn solch eine Fundsache ab? Er hat es getan. Und das mit dem »nicht erwischen lassen« war doch auch wieder nur einer seiner schillernden Sprüche. Andererseits – irgendwas wird schon dran sein an diesem Wort.

Wo steckst du nur, Hedwig?

Oder bist du gar tot?

Der Gedanke machte ihn völlig konfus. Es hielt ihn nicht länger in seiner Sofaecke, er begann, unruhig durchs Zimmer zu schlurfen. Wie soll es denn nur weitergehen mit mir und ohne dich, Hedi? Ihm fiel das Fläschchen aus Bethges Laden ein. Er ließ sich in die Sofaecke fallen, öffnete die Flasche und trank sie in zwei kleinen Etappen hintereinander leer. Der Alkohol umnebelte seine Gedanken, der Kopf fiel ihm auf die Brust, er schlief ein. Als er hochschreckte, war der Abend bereits weit vorangeschritten. Wo sie nur steckt, war sein erster Gedanke. Dann schaltete er den Fernseher ein.

4

Nicht nach zehn Tagen, wie er überschlägig errechnet hatte, sondern nach einer Woche war seine Barschaft dahingeschmolzen wie der Schnee in der Sonne. Wenigstens mal anrufen könnte sie, das sollte sie mir doch schuldig sein. Doch das Telefon schwieg beharrlich. Mehrmals hatte er sich vergewissert, ob er noch am Netz sei. Wer nicht zahlt, fliegt raus, da kennen die vom Netzbetreiber kein Erbarmen, da war er sich sicher. In zehn Tagen ist die nächste Mietzahlung fällig. Und was dann, wie weiter? Ihn grauste vor dem Abgrund, vor dem er stand. Das Fahrrad fiel ihm ein, *ihr* Rad. Das werde ich ein bisschen aufmöbeln, nahm er sich vor, das sollte doch weggehen wie geschnitten Brot. Hatte nicht Sabine auf ihr Rad reflektiert? Doch, das ist es: Sabine. Wie viel ich dafür haben will? Vierzig Euro, Sabine, unter Freunden.

So legte er sich sein Verkaufsgespräch zurecht, verstieg sich hartnäckig darin, war von seiner Verhandlungstaktik geradezu euphorisiert, stieg in den Keller und ölte das Rad.

Sabine trieb aber mehr die Neugier und weniger das Rad zu ihm. »Ich habe mich schon gewundert. Ist alles so still bei euch. Wo ist sie überhaupt?«

»Sie hat sich eine Auszeit genommen.«

»Auszeit, von dir? Mir jedenfalls hat sie nichts gesagt. Auszeit – und wo? Sie erzählt mir doch sonst immer alles.«

»Vielleicht doch nicht alles«, reagierte er und schluckte den aufsteigenden Ärger hinunter. »Das Rad steht im Keller. Ist noch fast wie neu.«

»Und was wird Hedwig dazu sagen, dass du es gerade jetzt, wo sie in ihrer Auszeit ist, weggeben willst?«

»Nicht weggeben, Sabine. Vierzig Euro wollte sie dafür haben«, log er.

Sabine stutzte. »Vierzig?«

»So ist sie nun mal, meine Hedwig, ein bisschen clever war sie ja schon immer. Ich überlasse dir das Rad für dreißig Euro, ich werde das mit Hedwig schon regeln, das mit den dreißig bleibt erst mal unter uns.«

Erleichtert nahm er wahr, wie sich die Skepsis aus Sabines Augen zurückzog. Sie hat angebissen. Ja, triumphierte er, so muss man es machen. Clever, klar doch.

Sabine wollte noch wissen, wie lange denn so eine Auszeit dauere.

»Mit vier Wochen werden wir schon rechnen müssen, mindestens.«

Kopfschüttelnd schwang Sabine sich auf das Rad und fuhr davon.

Dreißig Euro, das wird für eine Fahrkarte nach Berlin reichen, überlegte er. Auf jeden Fall verziehe ich mich von hier. Sollen die doch sehen, wie sie zu ihrer Miete kommen. Nichts wie weg, aus den Augen, aus dem Sinn. Und überhaupt, solch eine Großstadt bietet doch ganz

33

andere Möglichkeiten. Mein Bruder Gerhard hat es doch auch geschafft.

Versehen mit einer Fahrkarte und ein wenig Klimpergeld in der Hosentasche saß er am nächsten Tag im Zug nach Berlin.

5

Die U-Bahn rumpelte durch die Häuserzeilen. U-Bahn, aber nicht unten? Das soll einer verstehen! Paul lächelte das Lächeln eines Verunsicherten. Er kannte sich in der Stadt nicht aus, und das wenige, was er von Berlin kannte, kannte er mehr schlecht als recht.

»Cottbusser Tor, das darf ich nicht verpassen.« Aussteigen in Fahrtrichtung rechts, die große Straße überqueren, dann immer links halten. Ist eigentlich ganz einfach zu finden, hatte ihm sein Bruder vor Jahr und Tag übermittelt.

Sein Bruder Gerhard stand in der Eingangstür, es sah zunächst so aus, als wollte er Paul nicht in die Wohnung reinlassen. Er musterte seinen Bruder wie einen Fremden, tastete ihn misstrauisch mit den Augen ab. Etwas abgerissen ist er schon, stellte er fest. Diese Schuhe kann man doch nur noch in die Mülltonne stecken.

»Ist kein Palast, aber für mich reicht das«, erklärte er, als er ihn hereinbat. Paul registrierte die Bedürftigkeit, die die Wohnungseinrichtung offenbarte. Gerhard war ja noch nie so einer, der nach Glanz und Reichtum strebte. Immer die Bescheidenheit in Person. Immerhin hat er es geschafft, sich in dieser Stadt niederzulassen, vielleicht ist ihm das Glanz und Reichtum genug.

Minuten vergingen, bis die beiden Brüder sich aus ihren Verlegenheiten gelöst hatten.

»Lebst du allein? Keine Frau?«

»Doch, doch«, reagierte Gerhard vorschnell. »Mindestens zweimal in der Woche sehen wir uns, ich und Ella. Sie wohnt in Spandau, vielleicht ziehen wir mal zusammen. Sie ist eine ganz Liebe.« Er räumte die fleckige Unterhose von dem Stuhl, den er Paul zum Sitzen anbot. »Hättest doch vorher Bescheid sagen können. Jetzt habe ich nichts im Hause. Einen Tee kann ich dir anbieten. Du magst doch Tee?«

Aus Tee machte sich Paul nichts, doch er wollte Gerhard nicht brüskieren. Seine Augen blieben an dem schwarzen Anzug haften, der auf einem Kleiderbügel am Garderobenhaken hing.

»Das ist sozusagen meine Arbeitskleidung«, parierte Gerhard seinen Blick. »Der Bestatter Harms suchte Mitarbeiter, und so bin ich dort gelandet. Jedenfalls ist es ein krisenfester Job. Gestorben wird immer, sagt mein Chef. Bringt nicht viel, doch der Tod des einen reicht für das Leben des anderen.«

»Du und Totengräber?«

»Ich begrabe keine Toten«, reagierte Gerhard mit gereiztem Unterton. »Ich begleite sie.«

Der Tee war dünn, schmeckte fade, Paul pustete und nippte. Er sah sich näher in der Wohnung um. Da magst du recht haben, Gerhard, dein Bestatterjob hat dich nicht reich gemacht. Der Sessel, auf dem ich sitze, muss uralt sein, der ist ja so was von durchgesessen, eine falsche Bewegung, und das ganze Ding kracht mir unterm Hintern weg.

»Hätte ich Bescheid gewusst, hätte ich was besorgen können«, sagte Gerhard. »Hast du was vor in Berlin, was Spezielles?«

»Hatte ich, wollte ich. Aber dann ist mir was passiert. Ich will es kurz machen: Mein Portemonnaie ist weg«, schwindelte er. »Man hat mich beklaut, alles ist futsch. Girokarte, Kreditkarte, das ganze Bargeld. Ich bin blank, du musst mir helfen, wenigstens ein, zwei Tage, bis ich das geregelt habe. Nicht mal die Rückfahrt kann ich mir kaufen, ich komme ganz einfach nicht weiter.«

Gerhard setzte sein Teeglas ab, schnaubte vernehmlich laut durch die Nase, kratzte sich am Hinterkopf. »Und jetzt?«, sagte er. »Du kannst für ein, zwei Nächte in dem halben Zimmer unterkommen. Wie gesagt, bis das geregelt ist. Am Wochenende wird Ella hier sein. Dann – na ja, du verstehst schon. Fürs Erste nimm das hier, steck es in die Tasche, ohne ein bisschen Kleingeld geht es in Berlin nicht.«

Paul steckte den Geldschein schneller als geboten in seine Hosentasche.

»Ich habe heute noch einen Fall«, sagte Gerhard. »Eine alte Frau, nichts Besonderes, das geht immer schnell. Auf jeden Fall solltest du zur Polizei gehen. Ansonsten, bedien dich mit dem, was du vorfindest.« Er verschwand mit seinem Dienstanzug in dem halben Zimmer und posierte danach vor seinem Bruder, schwarz wie ein Rabe.

»Na?« Er drehte sich einmal um die eigene Achse wie ein Dressman.

»Ich könnte das nicht«, sagte Paul.

»So schwarz, wie die Welt aussieht, ist sie gar nicht. Wir sind nicht alle nur Trauerklöße, es wird auch viel gelacht in unserem Laden. Ich könnte dir Dinger erzählen … Wie geht es eigentlich Hedwig? Aber darüber lass uns später sprechen, ich muss denn mal.« Von der Tür rief er ihm über die Schulter hinweg zu: »Eine Polizeidienststelle ist gleich hier um die Ecke. Ob es was nützt? Auf dem Tisch liegt ein Zweitschlüssel.«

6

Am Freitagnachmittag komplimentierte Gerhard seinen Bruder Paul höflich, doch auch sehr bestimmt hinaus. »Wenn Ella kommt, will sie mit mir allein sein. Du verstehst das doch, die Frauen sind nun mal so.« Dem konnte Paul nichts entgegensetzen.

Wenigstens spielt das Wetter mit, stellte er fest, als er die Straße in Richtung U-Bahn überquerte. Er hatte keinen Plan, wusste nicht, was er mit dieser ungewollt erworbenen Freiheit anfangen sollte.

Ich sollte mir eine Zeitung kaufen, überlegte er, eine Wochenendausgabe, da gibt es immer die meisten Stellenangebote, etwas wird sich für mich schon finden in dieser quirligen Stadt. Zum Jobcenter brauche ich gar nicht erst hinzugehen, die verweisen mich doch sowieso nur auf das zuständige Amt an meinem Wohnort. Außerdem haben die am Freitag um diese Tageszeit ohnehin geschlossen. Die haben es gut dort, die Beamten. Haben ihr warmes Plätzchen, machen ihren Laden rechtzeitig dicht, um sich das Wochenende schön zu machen. Und wir, die anderen? Wir müssen zusehen, wo wir bleiben. Was hier so alles in den dunklen Ecken rumlungert, das sehen die da oben natürlich nicht. Ich für meinen Teil möchte nicht zu diesen Herumlungerern gehören, so weit lasse ich es auf gar keinen Fall kommen. Nie!

Ehe er sichs versah, befand er sich in einem Kaufhaus. Er fuhr die Rolltreppen rauf, fuhr sie runter und fuhr sie wieder rauf. Bethges Supermarkt fiel ihm ein. Aber Bethge ist Bethge, hier gibt es keinen Einkaufswagen, in dem man gedankenlos seine Geldbörse liegen lässt.

In geschlossenen Räumen fühlen sich die Menschen sicherer, die Frauen halten sich nicht so verkrampft wie auf der Straße an ihren Handtaschen fest. Das registrierte Paul. Er registrierte auch die dezent installierten Kameraaugen. Dürfen die das überhaupt, Menschen überwachen? Da sollte sich mal der Datenschutz einschalten, empörte er sich. Hier, da war er sich sicher, würde er keinen Griff in eine fremde Tasche riskieren, so sehr auch der Leichtsinn mancher Kunden geradezu Verlockung schrie, so sehr es auch in seinen Fingerspitzen kribbelte. Doch dann, wie ein Blitz aus heiterem Himmel, fiel ihm ein: die Anprobekabinen! Er hatte beobachtet, wie der Umgang mit Wertsachen geradezu sträfliche Dimensionen annahm. Hängen ihre Taschen und Täschchen einfach ganz locker und gedankenlos über die Kabinentür, vergessen alles andere, wenn sie sich hinter der Tür bis auf die Unterwäsche entkleiden und in die Probierhose zuckeln oder nach den Knöpfen der Probierbluse suchen. Sind völlig von sich und ihrem Spiegelbild mit dem neuen Kleidungsstück gefangen. Das wär's, sagte ihm der Blitz. Aber Damenanprobe? So viel sah er ein, das wird wohl leider nicht gehen. Allein der Gedanke, er, ein Mann, tauchte dort auf. Gleichberechtigung hin, Gleichberechtigung her, hier aber hat die Emanzipation eine rote Linie gezogen. Doch dann fiel ihm ein: Gibt es denn nicht auch Anprobekabinen für Herren? Zu spät: »Unser Geschäft schließt in zehn Minuten. Verehrte Kunden, wir danken für Ihren Einkauf.«

Erleichtert, als hätte die Stimme aus dem Lautsprecher ihn vor einer bösen Tat bewahrt, verließ er das Kaufhaus und lief in Richtung U-Bahn-Station. Doch wohin sollte er fahren? Gerhard wird ihn nicht reinlassen. Er ist zu sehr mit seiner Ella beschäftigt, das hatte er verstanden.

Der Abend legte einen matten Grauton über die Stadt, Vorbote der heraufziehenden Nacht. Vereinzelt zuckten erste Leuchtschriften auf. Vor den torgroßen Eingängen von Kaufhäusern und Banken machten Stadtstreicher Platte, steckten ihre Claims ab. Durch die Häuserzeilen strich ein kühler Wind, wirbelte Papierfetzen auf, Coffee-to-go-Becher kullerten über den Gehweg. Paul hatte das Gefühl, auch sein Kopf sei von einem Grauton durchzogen. Unschlüssig blieb er mal hier, mal dort stehen, blickte sich ratlos um, mit vorgerückter Stunde wurden die Straßen immer menschenleerer. Er nahm wahr, wie Stadtstreicher ihr Quartier machten, ihre Pappen aufklappten, sich Decken tief über die Ohren zogen, wie einige sich körpernah neben ihrem Hund niederließen, andere neben ihrer Ruhestätte Blechbüchsen platzierten, in denen ein paar Münzen schimmerten. Einen entdeckte er, der eine Flasche wie ein kleines Kind in seinen Armen hielt. Vor diesem Mann blieb er stehen. Der Mann mit der Flasche blinzelte ihn an. Paul stierte wie gebannt auf die Flasche. Der Mann drückte die Flasche noch fester gegen seinen Leib und zischte halblaut: »Hau ab!« Doch Paul konnte seinen Blick nicht von der Flasche wenden. Seine Knie begannen zu zittern, seine Augen flackerten, das Verlangen nach einem Schluck beherrschte sein ganzes Sinnen. Er verharrte auf diesem einen Fleck wie festgenagelt. Der Mann erhob sich halb liegend, halb sitzend, stützte sich mit den Ellenbogen ab, stellte die Flasche neben sich auf den blanken Boden und sagte: »Nimm einen Schluck und dann verschwinde! Einen Schluck, hast du verstanden, mehr gibt es bei mir nicht!« Paul schwankte zwischen dem Ekel, den er plötzlich angesichts der besabberten Flasche empfand, und dem Verlangen, dennoch einen, wenn auch noch so kleinen, Schluck zu wagen. Das Verlangen behielt die Oberhand.

»Das reicht!« Der Mann riss die Flasche wieder an sich, verkroch sich unter seine Decke und drehte Paul den Rücken zu.

7

Die dritte Nacht ohne Bett war für ihn die schlimmste. Den dünnen Nieselregen, der in den Nächten davor gefallen war, hatte er ganz gut verkraften können. Das Nachtlager im Geräteschuppen einer Laubenkolonie bot ihm Schutz vor der Nässe, doch der trockenen Kälte in der darauffolgenden sternenklaren Nacht fühlte er sich hilflos ausgeliefert. Dass es im Spätsommer so kalt sein kann, wunderte er sich. Im frühmorgendlichen Dämmer schlang er, um sich zu wärmen, die Arme um sich. Ihn fror entsetzlich. Ein Königreich für ein warmes Getränk, flehte er. Als sein innerer Ruf verhallt war, warf er einen lauernden Blick ins Freie. Keine Menschenseele. Die Kleingärtner erscheinen erst zu vorgerückter Stunde, das hatte er in den zurückliegenden zwei Tagen registriert. Heute ist Montag, die Erlösung. Ella wird wieder in ihrem Spandau sein, vor mir liegen vier Tage mit warmem Bett. Dieser Gedanke wärmte ihn mehr als das ersehnte warme Getränk. Ich werde mich herrichten müssen, so wie ich wohl aussehe. Jedenfalls kann ich mich bei Gerhard so nicht blicken lassen. Er wusste auch schon, wo er sich frisch machen konnte. Bahnhofstoilette, die haben alles: Warmes Wasser, Seife, sogar duschen kann man dort. Das kostet zwar, aber dafür sollte das letzte Kleingeld noch reichen.

Sein Bruder war nicht zu Hause. Aber hatte er denn nicht einen Zweitschlüssel? Als er die Wohnung betrat, empfing ihn die Unaufgeräumtheit der zurückliegenden drei Tage und Nächte. Beim Anblick des zerwühlten Betts verkrampfte sich sein Herz. Vor seinem geistigen Auge bauten sich Bilder von zügellosen Umarmungsorgien auf. Gerhard, ausgerechnet er, der ewig Schüchterne, der auch noch im Schlaf die Hände an der Hosennaht hielt, Mutters Hätschelsohn. War nicht er es gewesen, der bei jeder Anspielung auf sexuelle Handlungen knallrot wie eine Tomate anlief? Und dann das hier! Wie mag er es getrieben haben!

Kraftlos ließ Paul sich auf die Bettkante fallen, verharrte wie erstarrt minutenlang mit zusammengepressten Knien und wie zum Gebet gefalteten Händen auf der Kante dieses Lotterlagers und kämpfte mit dem aufsteigenden Kloß im Hals und mit trüben Gedanken, die wie ein grauer Nebel durch seinen Schädel waberten. Warum ausgerechnet du, Gerhard, du Begleiter in schwerer Stunde? Du Bleichgesicht, das so gut zu deinem Job passt. Verschaffst du dir hier den Ausgleich zu der Trübsal, in der du deinen Lebensunterhalt verdienst? Tummelst dich hier mit deiner Ella in diesen Federn, ich will mir das gar nicht näher vorstellen.

So schnell, wie sie aufgetaucht waren, so schnell lösten sich die Lustbilder auf zu einer Wolke, die dumpf durch seinen Kopf schwebte. »Ich muss hier raus!«, redete er sich zu. Einen Job wird es doch auch für mich geben, es muss ja nicht gleich Bestatter sein. Ich hätte mich um die Stellenanzeigen in der Wochenendausgabe kümmern sollen. Er begann, Fächer auf- und zuzuschieben. Etwas muss sich doch finden lassen. Hat nicht jeder seine eiserne Reserve, und sei sie noch so klein? Im Küchenschrank fand er in einer Tasse ohne Henkel ein paar Münzen. »Das wird reichen für eine Tageskarte«, überschlug er. Er legte den Zweitschlüssel auf den Küchentisch, dann zog er die Wohnungstür von außen hinter sich zu.

Die Ausbeute von der Herrenanprobe fiel dürftig aus. Mit der Bankgirokarte konnte er – ohne PIN-Nummer, so viel wusste er – nichts bekommen.

Mehr Erfolg vom Beutezug hatte er sich beim Discounter versprochen. Zwischen Kasse und Ausgang sind es nicht mehr als drei Meter, höchstens. Er hat den Zahlvorgang genau beobachtet, hat sich die einzelnen Schritte fest eingeprägt: Die Kassette springt auf, die Kassiererin ordnet die Scheine in das jeweilige Wertefach blitzschnell ein, entnimmt das Wechselgeld, und, plopp, schon schnappt die Kassette wieder zu. Ich muss schneller sein als die Kassiererin. Manchmal ist die Kassette ein paar Sekunden länger geöffnet, wenn sie mit einer Kundin einen kleinen Disput führt oder wenn sie mit einer anderen, die sie näher kennt – einer Nachbarin, einer Verwandten – ein kleines Wortgeplänkel hat. So viel hatte er beobachtet. Das, so überlegte er, wäre die günstigste Gelegenheit. Doch nein, entschied er, so ein blitzschneller Griff in die Kasse kommt für mich nicht infrage. Nie! Das wäre ja schon richtig kriminell. Und außerdem, so flink sind meine Hände nicht.

Er mischte sich unter die schiebende Menschenmenge auf den Gehsteigen. Die Menschen drängelten, pflügten sich einen Weg frei, wohin auch immer, ihre Eile nennen sie bummeln. Auch Paul konnte dem hastigen Geschiebe nicht entgehen, ein Ziel hatte er nicht, seine Gedanken kreisen um den bevorstehenden Abend, die kommende Nacht. »Noch einmal die Gartenlaube? Einmal, irgendwann, fliege ich auf, geht die Bombe hoch. Und dann? Davongejagt mit Schimpf und Schande. Bin ich schon so tief gesunken?«

Am Ende der Geschäftsstraße blieb er stehen, unschlüssig, wohin er sich wenden sollte. Er lief denselben Weg wieder zurück.

Die Frau von der Wohnung gegenüber fiel ihm blitzartig ein. Das ist die Lösung! Die gegenüber von Gerhards Wohnung. Neugierig ist sie ja. »Sie sind bestimmt der Bruder von Herrn Ortmann, das sieht man doch. Die gleichen Gesichtszüge«, hat sie mich im Treppenhaus angequatscht. Als ob sie das was anginge. Und wie sie vor mir herumtrippelte, immer von einem Bein aufs andere, als hätte sie Hummeln im Hintern. Einen stattlichen Hintern hat sie ja, da kann man nichts anderes sagen. Und wie sie mich ansah! Lebt bestimmt allein. Soll ich, soll ich nicht – bei ihr klingeln? Aufdringlich ist das schon. Ich kann doch ihr Geplapper nicht als Einladung auslegen, Hintern hin, Hintern her. Oder doch? Idiotisch von mir, Gerhards Schlüssel auf dem Tisch zu hinterlegen. Ich muss ihn anrufen.

Er machte sich auf die Suche nach einer Telefonzelle, ließ es sechsmal, achtmal läuten. Keiner da, konstatierte er. Ich bin ausgeschlossen von der Welt. Von allen und von allem. Er lauschte auf den Dauerton aus dem Telefonhörer, dann hängte er ein, schlich die Straße hinunter zur U-Bahn, löste keinen Fahrschein und fuhr zurück zu Gerhards Wohnung.

Die Nachbarin öffnete nicht sofort, ließ es ein paarmal klingeln, und er glaubte, dass sie ihn über den Türspion beobachtete. »Ach, Sie sind es«, tat sie überrascht, als sie die Tür öffnete.

Ob er denn mal telefonieren dürfe, er habe sein Handy irgendwo liegen lassen, wenn er nur wüsste, wo. Peinlich das Ganze.

Sie reichte ihm ihr Handy. »Telefonieren Sie, so lange Sie wollen. Ist 'ne Flatrate.«

Er tat so, als riefe er bei sich zu Hause an. Währenddessen hantierte Doris – mit diesem Namen hatte sie sich vorgestellt – am Herd mit dem Teekessel und den Tassen.

»Und?«, fragte sie, als sie wie aus dem Boden gewachsen neben ihm stand.

»Sie antwortet nicht«, sagte er.

»Das kenne ich. Männer und Frauen nehmen sich da nicht viel. Sich verleugnen, die alte und billigste Masche. Wenn ich denn doch mal meinen Noch-Mann erwische, hat er immer die passende Antwort parat: Der Akku war runter, die Karte war abgelaufen, das Ding war auf *stumm* gestellt. Alles zufällig. Mein ganzer Mann ist ein einziger Zufall. Und Sie?«

»Ich?«

Er überlegte blitzschnell, was er antworten sollte. Sollte er von Hedwigs Verschwinden erzählen? Von dem elenden Zustand, in dem er sich zurzeit befindet? Hat sie vielleicht schon bemerkt, wie abgerissen mein Aufzug ist, wie die Sohle vom rechten Schuh sich zu lösen beginnt, wie sie bei jedem Schritt mehr immer aufdringlicher schlappt? Hält sie mein unrasiertes Gesicht für einen Dreitagebart, findet sie das möglicherweise anziehend, erotisch? Sie fixiert mich, das spüre ich.

»Ja, Sie. Manche Menschen sieht man, manche nicht. Ihren Bruder nehme ich hin und wieder wahr, vor dem Haus oder im Treppenhaus, aber ich kenne ihn nicht, jedenfalls nicht wirklich. Immer in diesem schwarzen Anzug, ich habe mich schon gewundert. Aber Sie? Sie kenne ich vom ersten Tag an. Eigenartig, nicht wahr?«

Sie wirft ihr Lasso aus, daran gibt es keinen Zweifel, sie lässt mich in der Schlinge zappeln, und ich will, dass sie am Seil zieht, die Schlinge zuzieht, mir die Luft abdrückt. Ja, das will ich. Nur zu!

»Ich bin geschäftlich in Berlin«, log er. »Für wie lange weiß ich nicht so genau, das kann dauern, je nachdem, wie lange sich das hinzieht.« Nimmt sie mir das ab, fragte er sich und dachte an seinen wenig geschäftsmäßigen Aufzug. Ich muss mein Erscheinungsbild unbedingt aufpolieren, und zwar bald. Noch kann sie annehmen, meine anderen, besseren Anziehsachen befänden sich in Gerhards Wohnung, zu der ich zurzeit leider keinen Zugang habe. Außerdem brauche ich dringend ein Telefon. Ich muss was unternehmen! Ja, ich muss!

Gerhard teilte ihm am Telefon mit, dass er dieses Wochenende bei Ella verbringen werde, sie und er wollen über Sonnabend, Sonntag einen Ausflug machen. »Raus ins Grüne, wie der Berliner sagt. Du kannst also das ganze Wochenende in meiner Wohnung bleiben.«

Dass der Zweitschlüssel von der Wohnung drinnen auf dem Tisch liegt, sagte er Gerhard nicht.

»Schlechte Nachricht?«, fragte Doris, nachdem er den Hörer aufgelegt hatte.

»Schlecht ja, schlecht nein. Ich komme erst am Sonntagabend wieder in die Wohnung meines Bruders. Er bleibt übers Wochenende in Spandau. Typisch er, so war er schon immer, ein kleiner Geheimniskrämer.«

»Und jetzt?«

»Jetzt werde ich auf Hotelsuche gehen. Ich weiß da auch schon was.«

Was er wusste, war der Schuppen in der Laubenkolonie, eine notdürftig zurechtgezimmerte Bretterbude, durch die in der Dunkelheit die Mäuse flitzten, zwei Jutesäcke bereiteten die Illusion von einem Matratzenlager, es roch nach Kunstdünger und Hornspänen, die Tür ließ sich nicht verriegeln, der Mond schien ihm durch die Bretterritzen mitten ins Gesicht. In der zweiten Nacht, die er dort verbrachte, kehrte erst weit nach Mitternacht Ruhe ein. Es wurde gefeiert, lautstark und mit viel Gekreische. Der Duft gegrillter Würstchen reizte seine Geruchsnerven bis spät in den Abend hinein, danach vernahm er das Knistern eines Feuers, sein Schuppen flackerte glutrot im Schein der Flammen. Erst nachdem das Feuer gelöscht worden war, war er in einen bleiernen, von Albträumen gespickten Schlaf gefallen. Bleiern war auch das Erwachen am folgenden Morgen. Die Stille, die ihn umfing, empfand er als gespenstisch. Fluchtartig hatte er sein Lager verlassen, doch nicht, ohne sich zuvor umzusehen, wo sich auf diesem Kleingartengelände auch noch andere Unterkunftsmöglichkeiten böten. Aufgefallen war ihm das Gartenhäuschen mit der Fernsehschüssel am hinteren Zaun der Laubensiedlung. Während andere Kleingärtner ihre Parzellen am Freitagabend aufsuchten, verließen die zwei Parzellenbesitzer mit der Fernsehschüssel ihr Gartenhaus um diese Zeit. Als ihn die Neugier reizte, diese Parzelle näher in Augenschein zu nehmen, stellte er fest, dass das Fensterchen an der Rückseite in Kippstellung offen gelassen worden war. Wahrscheinlich die Sanitärzelle, schloss er. Dauerlüftung wegen der Feuchtigkeit, die aus dem Boden die Wände hochzog, das kannte er aus dem Übernachtungsschuppen. Wie dumm doch manche Menschen sind, schüttelte er verständnislos angesichts des halb offenen Fensters den Kopf. Das ist doch wie eine Einladung. Ein, zwei Griffe, und das Fenster ist sperrangelweit auf. Wer da nicht hineinkommt! Das fremde Domizil flößte ihm zunächst etwas Furcht ein. Eine Wand war bestückt mit Jagdtrophäen: Geweihe von Rehen, auch ein Damwildgeweih konnte er ausmachen, die Wandmitte war geschmückt mit einem ausgestopften Keilerkopf, ein Wiesel zierte die untere linke Ecke, in der oberen rechten Ecke hockte eine glasaugenbewehrte Eule auf einem knorrigen Ast. Bilder an den anderen Wänden zeigten Jagdszenen, eine Feuerbüchse zielte auf ein imaginäres Wildtier. Der Eckschrank ließ nur einen Schluss zu: Waffenschrank. Der Schrank war leer. Das Wochenende dieser Bewohner gilt der Jagd, schloss Paul. »Das ist es!«, rief er und rieb sich vor Vergnügen die Hände. »Wenigstens für eine Nacht. Und dann auch noch mit Fernsehen!«

Es wurde eine lange Fernsehnacht. Paul kuschelte sich in die Kissen des abgewetzten Sofas, ließ sich mal von Western, mal von rührenden Heimatfilmen beflimmern, zu vorgerückter Stunde zappte er nach etwas Schlüpfrigem, wurde aber nicht fündig, nach Mitternacht konnte er nicht länger widerstehen: Er nahm einen kräftigen Schluck aus der Flasche mit dem schrillgrünen Kräuterlikör, die er im Minikühlschrank vorgefunden hatte. Einen weiteren Schluck verkniff er sich, denn wenn die ihm draufkämen, dass er hier eingedrungen war …

Geweckt wurde er von Stimmen, die vom Garten her in seine Behausung drangen. »Wenn man nicht alles selber macht«, vernahm er eine vorwurfsvolle Männerstimme. »Du hast das Badfenster offen gelassen.« »Wieso ich?«, reagierte eine empörte Frauenstimme. Paul war für ein paar Sekunden erstarrt. Dann, als hätte ihn ein Schlag getroffen, hatte er sich blitzschnell von der Liegestatt erhoben, hatte versucht, seinen fliehenden Atem herunterzufahren. Jetzt nur nicht husten, nur nicht niesen müssen, beschwor er sich und floh in das Minibad mit dem offenen Fenster. Als er das Manipulieren an der Eingangstür vernahm, zwängte er sich durch das inkriminierte Fenster und fiel mit einem verhaltenen Plumps nach draußen. Für ein paar Sekunden verharrte er auf der Stelle. Er hörte, wie das Fenster von innen zugeschoben wurde. Nimm dir Zeit, redete er sich zu, mach keine Hektik, ruhig bleiben! Ist doch wie beim Griff in eine Handtasche. Wer da die Nerven verliert, der hat schon verloren. Ruhig einatmen, ruhig ausatmen, das ist der Trick.

Er war über den Gartenzaun geklettert und hatte sich davongeschlichen. Seine Hose hatte vom Fensterfall einen Schmutzfleck davongetragen, den er zunächst zu kaschieren versuchte. Doch immer mit einer Hand fest am Oberschenkel durch die Stadt zu laufen, empfand er zum einen als lästig, zum anderen konnte es, befürchtete er, die Blicke von Passanten auf sich ziehen. Die Einkaufsstraße, zu der ihn seine Schritte gelenkt hatten, war ihm nicht mehr fremd. Er ärgerte sich, dass die Ruhebank, auf der er sich vor ein paar Tagen niedergelassen hatte, besetzt war, von einer Frau mit einem Kinderwagen und zwei pummeligen Kindern, die sie um sich herum drapiert hatte wie übergroße Puppen. Die Puppen belutschten knallbunte Lollis, die Frau trug ein geblümtes Kopftuch.

»Sie wird ja nicht ewig dort sitzen«, sinnierte Paul. »Diese Ausländer, machen sich breit, als seien sie hier zu Hause.« Die Lollis waren aufgelutscht und die Frau erhob sich von der Bank.

Jetzt hatte Paul darauf Platz genommen und war damit beschäftigt, die Menschen auf der Straße in Augenschein zu nehmen. Erst nach ein paar Minuten begannen seine Augen, Unterschiede im Aufzug der Menschen wahrzunehmen. Sehen doch nicht alle gleich aus, fiel ihm mehr und mehr auf. Wie doch die erste Wahrnehmung täuschte. Er beobachtete eine Frau, die einen Einkaufswagen vor sich herschob. Der Wagen war beladen mit Plastiktüten, einer Spanholzkiste voller leerer Flaschen, einer zusammengerollten Liegematte und einer zu einer Rolle zusammengezurrten Steppdecke. Was ihm noch auffiel, waren der Handfeger und die Kehrschaufel, die an dem Haken, an den die Käufer ihre Taschen einhängten, baumelten. Was das nur soll, überlegte Paul. Was manche Menschen doch für Macken haben ...

Eine junge Frau verzögerte ihren Schritt, als sie an seiner Bank vorbeiging. Sie warf einen kurzen Blick in seine Richtung, dann lief sie weiter. Wenig später zog ein Paar mittleren Alters an seiner Bank vorüber. Auch sie zögerten, blickten zu ihm herüber, liefen weiter. Paul schüttelte den Kopf: Habe ich denn Aussatz? Das bisschen Fleck auf der Hose, soll es das sein? Das muss ich ändern, sofort!

Er begab sich auf Beutezug. Von den *Einnahmen*, wie er das gestohlene Geld für sich nannte, erstand er noch am selben Tag in dem Kaufhaus, dort, wo er die meisten Einnahmen gemacht hatte, eine Hose, ein Hemd und eine Jacke in Hellgelb, die zwar nicht mit dem Hemd und der Hose harmonierte, die aber einen erheblichen Preisnachlass auswies. In einer verlassenen Toreinfahrt zog er sich um, verstaute die alten Sachen in die

Einkaufstüten und warf sie in die erstbeste Mülltonne. Wie mag ich wohl aussehen, fragte er sich. Passt doch alles ganz gut, die Jacke sitzt wie angegossen. Er war vor der großen Fensterscheibe eines Ladens für Küchenbedarf stehen geblieben. Der Mann, der ihm entgegenblickte, kam ihm zunächst fremd vor. Dann betrachtete er sich von der Seite und musste den aufsteigenden Lacher unterdrücken. So sehe ich doch ganz passabel aus, stellte er fest. Und die Jacke? Etwas auffällig, aber wer weiß, vielleicht sehen andere das ganz anders. Leicht und als sei eine Last von ihm gefallen, war er beschwingt die Straße hinuntergeeilt. Wie ich mich fühle? Irgendwie wie befreit – ja, geradezu frei.

In einem Kaufhaus für Medientechnik versenkte er ein Smartphone in die Tiefen der neuen gelben Jacke. Danach fühlte er sich rundum komplettiert. Eigentlich, hatte er für sich festgestellt, kann das Leben doch ganz schön sein.

8

»Hotel? Welches Hotel?«, wollte Doris wissen.

»Na ja, irgendwas mit Inn, die Straße habe ich vergessen, aber ich weiß, wo ich aussteigen muss.«

»Inn, Inn«, echote Doris. »Inn ist hier und fertig. Wenigstens, bis Ihr netter Bruder wieder auftaucht.«

Eine Nacht verbrachte er auf Doris' Sofa, dann ging er wieder auf *Arbeit*. Die Ausbeute fiel dürftig aus, sollte aber für ein, zwei Tage ausreichend sein.

Als er in die Straße abbog, die zur Wohnung seines Bruders führte, hatte er plötzlich das Gefühl, die Beine wollten ihren Dienst versagen. Er warf irritierte Blicke um sich. Blicke, die um Hilfe flehten, um Erbarmen. Sieht denn niemand, wie es um mich steht? Ich kann mich doch nicht mitten auf den Gehweg setzen. Die Stadtstreicher, ja, die machen das, das habe ich gesehen, hocken da mit ihren zusammengezurrten Habseligkeiten, scheren sich einen Furz um die anderen mit den schicken Klamotten und den vollen Einkaufstüten, abgestumpfte Typen, bei denen man sich fragt: Wovon leben die überhaupt? Solche Gedanken zuckten wie Blitze durch seinen Kopf. Plötzlich spürte er, wie ihm die Beine wegzuknicken drohten. Halt suchend stützte er sich gegen eine Hauswand. In Sekundenschnelle rutschte sein Körper die Wand hinunter, er plumpste auf den Boden und griff nach Atem ringend nach seinem Herzen. Jetzt nur nicht die Kontrolle verlieren, redete er sich zu. Sollen doch die Leute gucken. Am besten so tun, als wäre ich hingefallen, ausgerutscht auf einer Bananenschale oder was weiß ich worauf. Ein Kind blieb vor ihm stehen, musterte ihn von allen Seiten wie ein Ausstellungsstück. »Wir wollen weiter!«, rief eine aufgeregte Frauenstimme. »Das tut man nicht«, hörte er sie im Weggehen sagen. Wer tut was nicht, fragte er sich. Er spürte, wie seine Kräfte wieder zurückkehrten. Jetzt schlug er voll die Augen auf. Seine Blicke fielen auf Beine, Schuhe, das blanke Pflaster, auf Hunde, die an Abfallbehältern die Beine hoben, eine Frau stocherte mit einem Stock in einem dieser Behälter herum, zog eine zusammengezurrte Plastiktüte hervor, öffnete sie und inspizierte den Inhalt, entnahm daraus einen Gegenstand und ließ ihn blitzschnell in einem sackgroßen Beutel verschwinden, den sie sodann über ihre Schulter warf.

Mit äußerst langsamen Bewegungen erhob sich Paul in die Senkrechte, tat ein paar Trippelschritte, blieb stehen, als vergewisserte er sich, dass nunmehr bei ihm alles wieder in Ordnung sei. Dann schlich er den Gehweg hinunter in Richtung Gerhards Wohnung. Er mutmaßte, dass er noch immer nicht zu Hause sein werde, doch irgendwie zog es ihn in diese Richtung, wohin auch sonst hätte er jetzt gehen können.

Doris öffnete ihm die Tür mit einem breiten Lächeln, als hätte sie ihn schon lange erwartet. Ihn in ihre

Wohnung reinzulassen mache ihr keinerlei Umstände. »Rein in die gute Stube!«, forderte sie ihn auf. »Habe ich es doch geahnt, dass du wiederkommst.« Unumwunden bot sie ihm an, sich doch bis auf Weiteres bei ihr niederzulassen. »Platz genug ist vorhanden. Und dein Bruder? Siehst ja, wie auf ihn Verlass ist.« Paul zögerte nicht lange. Wie unkompliziert sie doch ist, stellte er fest. Er warf sich in den großen plüschigen Sessel, und Doris tänzelte um ihn herum, lächelte ihm zu, ging zur Anrichte und zauberte aus dem Schubfach eine Packung Zigaretten hervor. »Jetzt muss ich doch erst mal eine rauchen.« Es störe ihn doch nicht, fragte sie, als hielte sie sich nicht in der eigenen Wohnung auf. Sie hielt ihm die Packung entgegen, Paul lehnte ab. Mit der brennenden Zigarette machte sie es sich auf dem Sofa bequem, schlug die Beine übereinander, rekelte sich lässig gegen die Rückenlehne. Dann rückte sie mit der Frage heraus, die er befürchtet hatte. »Und deine Frau?«

»Nicht jetzt«, reagierte er. »Wo wir doch hier gerade so schön gemütlich beieinandersitzen.«

Sie tat einen tiefen Zug, eine Rauchwolke entfuhr ihr aus Mund und Nase. »Verstehe«, sagte sie. Mit diesem Wort ließen sie ein Gespräch über Hedwig für alle Zeiten ruhen.

Paul hatte es sich zur Gewohnheit gemacht, zur gleichen Zeit mit ihr früh die Wohnung zu verlassen. Sie mache bei einer Speditionsfirma die Registratur, hatte sie ihm erklärt. Paul konnte sich darunter wenig vorstellen. Welcher Tätigkeit *er* tagsüber nachginge, müsse er wohl nicht näher darlegen, glaubte er. »Die Verhandlungen können manchmal schon recht hartnäckig sein.« Wofür Doris Verständnis bekundete. Am dritten Tag seines Bleibens in Doris' Wohnung legte er einen 100-Euro-Schein, den er tags zuvor in einem Portemonnaie in einem Supermarkt in Neukölln gefunden hatte, vor ihr auf den Tisch. »Das Leben gibt es nicht umsonst«, kommentierte er seine Gabe mit gequältem Lächeln. Doris reagierte zunächst empört. Was er sich denke! »Schon gut«, beruhigte er sie. »Kannst es ja beiseitelegen, für alle Fälle.« Doris strich den Schein ein. »Wenn du meinst …«

Seit jenem Tag fanden sie sich Nacht für Nacht in Doris' Bett mit Doppelbreite zusammen. Nach der ersten hitzigen Befriedigung musste Paul unvermittelt an Hedwig denken: Bei ihr brauchte er bloß mit dem Finger schnipsen und schon hob sie ihren Rock. Da ist Doris ganz anders: Erst Geturtel und neckisches Getue, sie heizt mir ganz schön ein. Und dann — auwei, auwei!

Ist das jetzt Fremdgehen, fragte er sich. Für ihn war es das erste Mal innerhalb seines Ehelebens, dass er mit einer anderen Frau das Bett teilte. Doch wer geht hier fremd? Ist nicht Hedwig es, die in die Fremde verschwunden ist, rechtfertigte er sein Handeln. Von wegen tot. Vielleicht ist sie doch wieder zu Hause und lässt den lieben Gott einen guten Mann sein, ohne mich.

»Du grübelst, das sehe ich dir doch an«, sagte Doris. »Ist es deine Frau?«

»Die sollten wir aus dem Spiel lassen.« Woher kann sie wissen, woran ich gedacht habe? Sieht sie es mir an?

Hat sie Röntgenaugen? (Von Hedwigs Wegbleiben von einem Tag auf den anderen konnte sie nichts wissen. Er ließ sie in dem Glauben, dass es bei ihm zu Hause eine Frau gab, die auf ihn wartete.) Statt einer Erklärung stieß er sein wiederauferstandenes hartes Glied in ihren Leib. Doris wimmerte, ob vor lauter Lust oder Schmerz, es kümmerte ihn nicht.

Waren es vierzehn Tage oder mehr, dass er bei Doris Unterschlupf gefunden hatte – er erinnerte sich nicht. Je mehr Tage verstrichen, desto häufiger trat Hedwig in sein Nachdenken, etwas, was ihn arg beunruhigte. Diese Unruhe bestärkte ihn in seinem Vorhaben, zu sich nach Hause zu fahren, um nach dem Rechten zu sehen.

Vielleicht ist sie wieder in der Wohnung, tut so, als wäre nichts geschehen, kocht sich ihr Gemüsesüppchen mit viel Kümmel drin, den ich überhaupt nicht mag. Telefoniert mit ihrer Freundin, stundenlang, ist ja niemand da, der sie stört. Aber vielleicht liegt im Briefkasten irgendeine Nachricht über ihren Verbleib vor. Dass ich dorthin fahren muss, wird gewiss auch Doris verstehen.

Einnahmen aus seinen täglichen »Abgriffen«, wie er es für sich nannte, hatte er hinreichend. Er wechselte bei seinen Streifzügen die Stadtteile und in den Stadtteilen die Örtlichkeiten. Diversifizierung, so machen es doch heute alle Unternehmen, rechtfertigte er sein Tun. Gewechselt hatte er auch das Sakko mit der gelben Signalfarbe. Damit, glaubte er, falle er doch nur auf. Jetzt in Dunkelblau fühlte er sich sicherer, geschützt vor stechenden Blicken, jetzt konnte er dezenter, unauffälliger seiner Tätigkeit nachgehen. Das Geld für Kost und Logis, das er regelmäßig und gut sichtbar auf dem Küchentisch hinterlegte, strich Doris nunmehr ohne einen Hauch von Abwehr ein. Er glaubte, bemerkt zu haben, wie sie ihm hin und wieder mit skeptischen Blicken folgte. Weiß sie etwas, ahnt sie etwas? Es ist an der Zeit, überlegte er, mir eine Auszeit zu nehmen, einen Kurzurlaub gewissermaßen. Hat nicht auch Hedwig das getan?

Auf der Fahrt zu seinem Wohnort saß er im Zug zusammengedrückt auf seinem Sitz und stierte während der gesamten Zeit stur auf die Welt, die an seinen Augen vorüberzog. In Gedanken rechnete er nach, wie lange seine Barschaft reichen werde. Da hatte sich doch in der Tat ein gewisses Pölsterchen angesammelt. Er überlegte, wie viel er davon Hedwig abgeben werde. Wenn überhaupt. Soll sie doch erst mal erklären, was sie so getrieben hat. Und – bei diesem Gedanken spürte er, wie die Galle in ihm hochstieg – mit wem sie es getrieben hat, was für ein Kerl das war, für den sie ihren Rock angehoben hat.

Die Vorstellung, Hedwig und ein anderer Mann, wirbelte durch seinen Kopf, rief Bilder von hemmungslosen Sexorgien auf. Womöglich auch noch auf meinem Sofa, nicht auszuhalten. Ich werde dem Kerl den Hals umdrehen, entschied er.

Als er den Zug verließ, regnete es. Ein paar Minuten wartete er unter dem Bahnhofsvordach und hoffte, dass der Regen nachlasse. Doch den Regen kümmerte das nicht, er wurde immer heftiger. Ein Blitz zuckte, es folgte der Donner. Menschen eilten durch den sintflutartigen Guss zu ihren Autos, schützten ihre Köpfe mit Plastiktüten, Taschen, umgestülpten Jacken; einen Regenschirm aufzuspannen ergab wenig Sinn, der starke Wind verzerrte die Schirme zu abenteuerlichen Gebilden. Paul blickte sich um auf der Suche nach einem bekannten Gesicht, nach jemandem, der ihn in seinem Auto hätte mitnehmen können. Wer es eilig hat, hat keinen Blick für den anderen, das sah er ein. Die Autos brausten davon, er blieb allein zurück unter dem Vordach. Vor seinen Füßen strömte im Rinnstein ein Bach in Richtung Gully. Der Strom riss fortgeworfenes Treibgut mit: Pappbecher, Getränkedosen, Zigarettenschachteln, selbst eine benutzte Windel schwamm halb aufgelöst ihrem Ziel entgegen. Paul fröstelte. Er dachte an die warme Stube zu Hause und er dachte an Hedwig, wie sie es sich mit diesem Kerl auf dem Sofa gemütlich machte. Wie aus dem Nichts befiel ihn plötzlich das heulende Elend, er war kurz davor, in Tränen auszubrechen. Nur das nicht, redete er sich zu. »Irgendwann einmal wird das alles mal ein Ende haben.« Das alles? Was sollte das sein?

Urplötzlich setzte der Regen aus. Paul lugte unter seinem Schutzdach hervor, beäugte den Himmel, hüpfte über den Bach zu seinen Füßen und machte sich schnurstracks auf den Weg zu seiner Wohnung. Der Gedanke an den Kerl, dem er den Hals umdrehen würde, hatte sich verflüchtigt.

Der Briefkasten enthielt ein Schreiben vom Vermieter, eine Einladung zum Sonderpostenverkauf des Möbelladens auf der grünen Wiese, bei dem er vor Jahren das Sofa gekauft hatte, das er wegen seiner ausladenden Üppigkeit so sehr liebte, und dann ein Schreiben von der Kreispolizei. Das Vermieterschreiben legte er vorerst beiseite, den Möbelladen tat er in den Mülleimer, den Umschlag des Polizeischreibens riss er mit zittrigen Fingern auf. Hat man sie gefunden? Wo, wann und wie? *»… bitten wir Sie, zwecks Identifizierung …«* Sie ist tot, schoss es ihm durch den Kopf. Es folgten Ort und Telefonnummer, unter der er sich melden möchte, und der Zeitraum, in dem er sich einfinden sollte. Bis übermorgen wäre die Leiche freigegeben. Leiche – bei dem Wort schauderte ihn. Er hatte noch nie eine Leiche gesehen. Doch, fiel ihm ein, seine tote Mutter hatte er kurz nach ihrem Ableben zu Gesicht bekommen. Aber eine Leiche? Er erinnerte sich an ihr starres Gesicht, eigentlich ein friedlicher Anblick. Doch *Leiche*? Ist eine Leiche nicht ein nackter toter Leib, von oben bis unten starr und blank? Und diesen Anblick wollten sie ihm antun, von Amts wegen? Ihn gruselte.

Das werde ich nicht tun, dorthin werde ich nicht gehen, war seine spontane Reaktion; ich bin ganz einfach nicht da. Eine Androhung von juristischen Folgen im Falle seines Fernbleibens war aus diesem Schreiben nicht zu ersehen. Er verwünschte die Rückkehr in seine Wohnung.

Wäre ich doch nur in Berlin geblieben, wenigstens die zwei Tage noch.

Mit dem Schreiben in der Hand verharrte er minutenlang in seiner geliebten Sofaecke auf der Suche nach einem Gedanken, der ihn aus dieser Situation hätte herausführen können. Alles wie zugenagelt hier oben, konstatierte er. Das Blatt fiel ihm aus den Händen und zu Boden, er hob es nicht auf.

Nach Minuten der Starre erhob er sich und begann, nach etwas Hochprozentigem zu suchen. Wenigstens ein Schlückchen, etwas hat sie doch heimlich in der Hinterhand, ein Fläschchen, und sei es noch so klein, hält sie immer versteckt, ich kenne sie doch, sie mit ihren geheimen Verstecken. Doch er ahnte, dass er nichts finden würde, und ließ bald von seinem fahrigen Suchen ab. Sie wird nicht wiederkommen, ja, sie kann nicht wiederkommen. Sie hat mich im Stich gelassen, ob tot oder lebendig. Doch, sagte er sich jetzt, ich werde hingehen, ich werde diesen Anblick aushalten, es geht ja schnell. Im Fernsehen, in diesen Krimis tun sie es doch auch. Ich brauche die Gewissheit. Was wird nur dann aus mir, wie soll es weitergehen ohne sie?

Er ließ sich zum Besichtigungsort mit einem Taxi hinfahren. Es hatte ihn die Angst beschlichen, den Weg dorthin mit dem Bus, geschweige denn zu Fuß, nicht zu packen. Er befürchtete, die Knie könnten ihm weich werden, er erinnerte sich an seinen Schwächeanfall vor wenigen Tagen in Berlin. Das darf sich nicht wiederholen.

Der Taxifahrer hatte ein südländisches Aussehen, Paul misstraute dessen Fahrkünsten. Ob er denn den

Weg dorthin kenne, fragte er argwöhnisch. Er musste sich blind auf ihn verlassen, denn er selbst kannte den Weg zum Besichtigungsort nicht.

»Ich kenne jeden Stein, schon seit Jahren.«, reagierte der Mann. »Schönes Wetter«, setzte er nach.

Paul fühlte sich von ihm beobachtet, er glaubte, bemerkt zu haben, wie dessen Augen zwischen Rückspiegel und Lenkrad hin- und herwanderten. Es war Pauls erste Taxifahrt in seinem Leben. Irgendwie fühlte er sich verunsichert. Wenn es doch wenigstens ein deutscher Fahrer wäre. Aber so einer? Er begann, auf seinem Sitz unruhig mal auf die linke, mal auf die rechte Pobacke zu rutschen. Seine Hände wurden feucht, er hüstelte. Der Fahrer lächelte ihm über den Rückspiegel entgegen, Paul fand das peinlich.

Nach zehn Minuten hielt das Auto vor einer großen Toreinfahrt. »Wir sind da«, sagte der Taxifahrer. »Elf Euro.« Paul überreichte ihm einen 10- und einen 5-Euroschein, der Taxifahrer wühlte in seiner Geldtasche nach dem Restgeld. Paul erblickte einige große Scheine. Jetzt ein flinker Griff und weg, schoss es ihm durch den Kopf. Der Fahrer blickte kurz auf, zog mit einem energischen Griff die Geldtasche zu und überreichte Paul das Restgeld. »Lass gut sein«, sagte Paul und stieg aus. Der Taxifahrer schüttelte den Kopf über so viel Großzügigkeit.

»Nein«, sagte er, nachdem er einen Blick auf den Leichnam geworfen hatte, »das ist sie nicht. Das ist nicht meine Frau. Wo hat man sie gefunden?«

»Sind Sie sicher?«, hakte der Beamte, dem die Verärgerung über Pauls Aussage ins Gesicht geschrieben stand, nach. Er fixierte Paul und er glaubte, so etwas wie Enttäuschung und Abscheu aus dessen Gesicht beim Anblick dieses Körpers herauszulesen. Es wäre nicht das erste Mal, dass eine Wiedererkennung geleugnet würde. Die Gründe hierfür sind unterschiedlich: Manche wollen es ganz einfach nicht wahrhaben, dass die Leiche, mit der man sie konfrontiert, ihr Angehöriger ist, die Unfassbarkeit des Unabwendbaren wirft sie aus der Bahn, ihre Wahrnehmung ist überschattet von dem Schmerz, den sie beim Anblick des Toten empfinden. Andere wiederum hegen pragmatische Gründe. Mit der Verleugnung gehen sie sämtlichen Folgen aus dem Wege, die eine Erkennung nach sich zieht, angefangen von der Befürchtung, dass sie bei der Feststellung der Todesursache in peinliche Nachforschungen mit hineingezogen werden könnten, bis hin zu den Umständen und Kosten für eine Beisetzung, die sich aus der Freigabe der Leiche ergeben.

Paul wiederholte: »Nein, nein, das ist sie nicht. Aber wo hat man sie gefunden?«, fragte er wiederum hartnäckig.

Pauls Insistieren nach dem Ort machte den Beamten stutzig.

»Zu Einzelheiten kann ich Ihnen an diesem Fall nichts sagen. Vielleicht gibt man Ihnen auf der Dienststelle eine Auskunft. Aber da Sie ja nun nicht der Ehemann dieser Frau sind ... Man wird Sie ohnehin dorthin bitten, eine Formsache, auch das Nichterkennen muss schriftlich fixiert werden, Sie verstehen, wir müssen sichergehen.«

Nein, nein, das ist sie nicht. Hedwig war, Hedwig ist, nun ja, wie sollte er sagen, üppiger. Außerdem war ihr Haar nicht hellblond, sondern dunkler, aschblond, so heißt es wohl. Sie hatte auch nicht diese kalkig-weißen Wangen mit einem Stich ins Bläuliche. Nein, nein, Verzeihung, mein Herr, aber das ist nicht meine Frau. Außerdem ist die Frau dort auf diesem Tisch viel zu klein.

Und wenn sie es doch ist? Sagt man nicht, dass die Toten ihr Aussehen verändern, kleiner wirken als zu Lebzeiten, schmaler, dass die Gesichter einfallen, die Nasen spitz hervortreten? Aber dann die Gesichtsfarbe.

Er musste sich zwingen, nicht doch noch ein Mal zu dem Leichnam hinüberzuschauen. Seine Aussage nahm er nicht zurück.

Der Beamte wiederholte sichtlich verärgert seine Frage: »Mit aller Sicherheit?«

Paul nickte.

Der Beamte deutete das Nicken als Bekräftigung seiner Aussage.

Nichts werde ich unterschreiben, entschied Paul. Ich bin ganz einfach nicht da, alles andere sollte meine Sorge nicht sein.

Am nächsten Tag fuhr er nach Berlin zurück.

9

Das gehe nun nicht mehr, sagte Doris, als er vor ihrer Tür stand. Ein guter alter Bekannter habe bei ihr Unterschlupf gefunden, ein ehemaliger Schulfreund. Für ungewisse Zeit, und gute alte Bekannte lässt man doch nicht so einfach auf der Straße stehen. »Das verstehst du doch, Paul.« Paul hatte verstanden. »Und außerdem«, fügte sie hinzu, »habe ich vor Kurzem deinen Bruder wieder mal gesehen, mit so einer Frau. Ich wusste gar nicht, dass er eine Frau hat, macht ja immer einen auf so was von bescheiden. Na ja, ist ja schließlich auch nur ein Mann.« Mit diesen Worten ließ sie Paul auf dem Treppenabsatz stehen und zog die Tür von innen zu.

Mein Bruder. Wie wird er reagieren, wenn ich wieder bei ihm anklopfe? Ich werde es nicht tun. Ich habe die Nase voll von Bestattungen und Leichen. Und überhaupt, der und seine guten Ratschläge, die kann er sich an den Hut stecken.

Er begab sich auf die Suche nach einem Billighotel. Für eine Weile wird das Geld reichen, überschlug er. Er werde tagsüber auch wieder seiner Betätigung nachgehen, um die materielle Absicherung des Alltäglichen war ihm nicht bange.

Die Stadt kam ihm hektischer vor als zu dem Zeitpunkt, als er sie für ein paar Tage verlassen hatte.

Überall Baustellen, Kräne, alles nichts Halbes, nichts Ganzes, keine Wand ohne Graffiti, Menschen in abenteuerlichen Verkleidungen, Vielsprachengewirr. Hingegen der Ort, von dem er vor Kurzem hierhergekommen war: alles dort wohlgeordnet, übersichtlich, keine Schandflecken, keine herumlungernden Obdachlosen, niemand so richtig reich, niemand so richtig arm, kein Schickimicki. Aber auch kein Betätigungsfeld für ihn, das sah er ein. Bethges Laden, das geht nur einmal, wenn's hoch kommt, zweimal. Zweihundert Euro, das Höchste, was er bisher an einem Tag in Berlin eingenommen hatte. Dort, in diesem Nest, wäre das einfach nicht zu schaffen. Vor diesen Fakten musste er schlichtweg resignieren. Sich dem Schicksal dreingeben, was sonst blieb ihm übrig. Müssen nicht andere das auch?

Der erste Arbeitstag war für ihn unergiebig. Kaum Scheine, einiges an Klimpergeld. Alles in allem gut dreißig Euro. Weit wird er damit nicht kommen. Und dann will ja auch das Hotel mal Bares sehen.

Wie lange er zu bleiben gedenke, wollte der Mann vom Hotel wissen. Er überlegte: Was habe ich geantwortet? Zwei, drei Tage. »Das lässt sich machen«, hat der Hotelmann gesagt und, so empfand es Paul, ihn dabei aus den Augenwinkeln gemustert, tat so, als sei er der General der Heilsarmee persönlich.

Er machte eine Bestandsaufnahme. Drei Nächte, das reicht. Doch dann? Wieder Schrebergarten? Er wollte für alle Fälle darauf vorbereitet sein. Nur nicht wieder so heftig frieren wie beim ersten Mal. Die stinkigen Jutesäcke schützen in der Nacht so gut wie gar nicht vor der Kälte. Er überlegte, was er tun sollte. Ein Schlafsack! Dass er nicht gleich darauf gekommen war. Schick sollte er sein, nur kein Tinnef. In dem Kaufhaus für Sport- und Wanderausrüstung gibt es einfach alles, so hatte er es gesehen, und er erinnerte sich an den Abgriff, den er dort getätigt hatte. Die Aussicht, dort möglicherweise zwei Fliegen mit einer Klappe zu schlagen, stimmte ihn euphorisch. Fast im Laufschritt eilte er zur U-Bahn, löste sogar ein Ticket und schwelgte in der Vorstellung von einem Schlafsack mit allen Schikanen.

»Bis zu minus zehn Grad kann man darin schlafen«, versprach der beratende Verkäufer. »Und außerdem ist er absolut wasserdicht.« Der Preis war höher, als er sich vorgestellt hatte. Dann werde ich halt statt drei Nächte nur zwei bei diesem Heilsarmeegeneral verbringen, überlegte er.

Er nahm sich vor, die zwei Hoteltage so umfänglich wie möglich zu genießen. »Voll auskosten, wenn ich schon mein schwer erworbenes Geld zum Fenster raus- werfe.« Er duschte minutenlang, schäumte sich mehr- mals mit dem Gel der Hotelmarke ein, schlug das flau- schige Duschtuch um seine Hüfte, schaltete den Fernseher ein, nahm auf dem einzigen halbwegs beque- men Armlehnstuhl Platz und zappte durch die Pro- gramme. Da war nichts, was ihn hätte fesseln können. Er schaltete das Gerät ab. Das Bild über dem Bett hielt ihm eine postkartenschöne südländische Landschaft entgegen: Strand, wedelnde Palmen, Meer. Und dieser Himmel, was für ein Blau! Dass es ihm wohl niemals gelingen werde, dorthin zu kommen, stimmte ihn wehmütig. Er schloss die Augen. »Wenigstens davon träumen, das wird man ja noch dürfen.« Er haderte mit der Welt und ihrer Ungerechtigkeit. Warum andere und nicht er? Setzen sich in einen Flieger und schon nach ein paar Stunden lassen sie sich weit weg von hier die Sonne auf den Bauch scheinen, holen sich einen Drink von der Strandbar, lassen Sorgen Sorgen sein. »Nur nicht sentimental werden«, redete er sich zu. Der Schlafsack fiel ihm ein, er hatte ihn noch nicht einmal aus der Verpackung befreit. Er riss die Umhüllung auf und breitete den Sack in voller Länge vor dem Bett aus. Er warf das Duschtuch von sich und schlüpfte mit blankem Körper in das gesteppte Gebilde hinein. Er reckte sich und streckte sich, drehte sich mal auf die rechte, mal auf die linke Seite, zog den Reißverschluss bis hoch zum Hals, versenkte seinen Kopf in dem Kopfteil und schloss die Augen. Wenn jetzt noch Hedwig neben mir läge, sinnierte er. Ob wir genug Platz hätten, zu zweit in solch einem Ding? Wenn wir eng zusammenrücken, sollte das schon passen. Wozu braucht man da noch Strand, Palmen und Meer? Ach, Hedi! Er onanierte heftig. Wenige Minuten später entfuhren seinem Mund rasselnde Schnarchtöne.

Nach der zweiten Nacht verließ er das Hotel, in der Rechten das Bündel mit seinen Habseligkeiten, in der Linken den Schlafsack.

1 0

Paul war in seinen frühen Jahren ein eher schwächliches Kind mit eingefallener Brust und zerbrechlichen Gliedern. »Ein mageres Bürschlein«, urteilte seine Tante Herta. Da konnte Paul trainieren, so viel er wollte, er wurde nicht mehr. Die Bizepse, die er sich mit einer leichtgewichtigen Hantel anarbeitete, hoben sich überproportional von der Gesamterscheinung seines übrigen Körpers ab. »Kartoffeln«, befand er selbst bei der Betrachtung seines Hantelergebnisses. Vergleiche mit den bepackten Körpern anderer Jugendlicher deprimierten ihn und ließen ihn in schwermütige Gedanken versinken. Gehört hatte er von Anabolika, aber dann war er vor der Nebenwirkung zurückgeschreckt: Haarausfall. Das wollte er sich auf gar keinen Fall antun, denn auf seinen Haarwuchs war er stolz. Dunkelbraunes kräftiges Haar, gewellt, das er halblang trug und morgens und abends minutenlang durchbürstete. Hin und wieder besprühte er seine Wellenpracht mit einem dezent duftenden Haarwasser. Doch bald ließ er davon ab, weil er in irgendeiner Illustrierten gelesen hatte, dass durch das Besprühen das Haar Schaden nehme: Es werde brüchig, falle aus, kahle Stellen auf der Kopfhaut wären die Folge. »Aber er hat ein hübsches Näschen und so zarte Fingerchen«, versuchte Tante Herta, ihr sonst herablassendes Urteil über seine Zerbrechlichkeit auszugleichen. Die Diminutive, die er aufgrund seines Erscheinungsbildes über sich ergehen lassen musste, kränkten ihn zutiefst. In seinen Rachegedanken hängte er der Tante alle möglichen Schändlichkeiten an: Angefangen von Stimmversagen für alle Zeiten, Pusteln auf der Zunge, die ihr das Plappern verwehrten, Zahnweh ohne Ende, denn wer Zahnschmerzen hat, vermeidet es gewöhnlich, den Mund aufzutun, bis hin zum Tod durch Verstummen. Dennoch betrachtete er seine Nase ausgiebig im Badezimmerspiegel, was aber an ihr hübsch sein sollte, konnte er beim besten Willen nicht feststellen.

Doch entgegen allen Vermutungen erwies sich seine körperliche Konstitution als durchaus robust, ausdauernd und belastbar. Der Meister, der ihn zu sich in die Bäckerlehre nahm, kannte kein Erbarmen: »Säcke tragen müssen hier alle.« Fünfzig Kilo, bei dieser Ansage rutschte Paul erst einmal das Herz in die Hose. Er biss die Zähne zusammen und lud ohne Murren Sack für Sack aus dem Lieferauto auf seine schmalen Schultern und trug die Last über die enge Stiege hinunter in die Backstube.

Abgesehen von der frühen Aufstehzeit fand er Gefallen am Bäckerhandwerk. Er genoss die wohlige Wärme, die ihn in der Backstube umfing, besonders in der dunklen und kalten Jahreszeit. Er setzte sogar das eine oder andere Pölsterchen an, wozu nicht zuletzt seine Genäschigkeit ihr Teil beitrug. Er kostete gern und viel vom Teig für die süßen Artikel, seine große Schwäche galt dem Marzipan.

Als er seinen siebzehnten Geburtstag beging, bestand seine Mutter darauf, dass er sich von jetzt an zu rasieren habe. »Das muss jeder Mann«, argumentierte sie. Somit war sein Geburtstagspräsent ein sogenanntes Rasierset: Schaber, Klingen, Seifennapf und Pinsel mit silbrig eingefasstem Griff und Rasierseife. »Diese Sprühdinger, das ist doch nicht das Richtige«, war ihre unumstößliche Meinung, weil auch ihr Mann, sein Vater, sich seit seiner Rasierzeit mit diesen Zubehörteilen umgab. Bald jedoch ließ Paul Pinsel, Napf und Seife im Unterteil des Badezimmerschranks verschwinden und bediente sich mit Seifenschaum aus der Tube. Seine Mutter verzog beleidigt ihre Mundwinkel, kommentierte aber sein Tun nicht.

In der Backstube ging der Arbeitstag am frühen Nachmittag zu Ende. Dann schlich er mehr, als dass er lief, die Straße hinunter zum elterlichen Haus, hin zum Sofa, wo er versäumten Schlaf nachholte. Seine Mutter bereitete ihm mal ein Süppchen aus Hühnerklein zu, mal briet sie ihm ein Kotelett. »Damit was bei dir rankommt«, kommentierte sie ihre Gaben aus der Küche. Mit frischen Eiern versorgte sie ihre Schwester Herta.

Mindestens einmal in der Woche erschien Herta im Haus von Pauls Eltern, nicht allein der frischen Eier wegen. Herta hatte auch die frischesten Dorfnachrichten, trug das vor, was sie mit eigenen Augen gesehen hatte, mit eigenen Ohren gehört hatte, und waren es nicht die eigenen Augen und Ohren gewesen, dann die Augen und Ohren ihrer Nachbarn und Bekannten, die gesehen und gehört hatten. »Dein Paul«, wusste sie eines Tages zu berichten, während sie die mit frischen Eiern bestückte Eierpappe aus ihrer Einkaufstasche auspackte, »also, dein Paul, der hat sich ja richtig rausgemacht. Ist ja ein ganz schmuckes Kerlchen geworden.« Pauls Mutter tat die Eier in den Kühlschrank und setzte die Kaffeemaschine in Betrieb. Das ist doch bestimmt noch nicht alles, was mir meine Schwester heute erzählen will, ahnte sie. So gut kannte sie sie: erst ein belangloses Geplänkel über die legefaulen Hühner und dann der Paukenschlag. Als der Kaffee fertig war, holte Herta zum Paukenschlag aus. »Also dein Paul und Habermanns Hedwig, ja, wie soll ich sagen … Die ist doch man gerade fünfzehn, höchstens. Kann das denn gut gehen?« Edith fiel aus allen Wolken und auf den erstbesten Stuhl. »Davon hat mir Paul gar nichts gesagt.« Und, hakte sie nach, woher wollte sie das denn wissen? »Pfeifen das denn nicht alle Spatzen von den Dächern? Mein Gott, das junge Ding!«

Das junge Ding namens Hedwig hatte sich in Pauls blaue Strahleaugen verguckt. Sie hatte herausbekommen, wann Paul sich nach seiner Arbeit auf den Nachhauseweg machte. Anfangs schlenderte sie ihm wie rein zufällig entgegen. Paul war zu müde, um das zu registrieren. Als sie einmal nicht seinen Weg kreuzte, verunsicherte ihn das – eine kleine Irritation, auf die man stößt, wenn etwas, das man zuvor nie bewusst registriert hat, plötzlich an anderer Stelle steht oder ganz einfach nicht mehr vorhanden ist. Wie jemand, der seinen Hund immer zum gleichen Zeitpunkt Gassi führt, der einem mit seinem Hund entgegenkommt, grußlos, ohne den Blick zu heben – und dann, von heute auf morgen fehlt da was, fehlt der Mann samt Hund. Am darauffolgenden Tag war sie wieder da, lächelte ihm entgegen, und er versuchte, ihr Lächeln zu erwidern. Sie trug ein geblümtes Kleid mit kurzem Rock, mit dem der Wind ihre strammen Schenkel umspielte. Er wagte es nicht, sie anzusprechen. Er verzögerte seinen Gang und auch sie verzögerte ihren Gang, er hätte kein einziges Wort herausbekommen, so trocken fühlte sich seine Kehle an. Nachdem sie an ihm vorbeigeeilt war, drehte er sich nach ihr um und sah ihren wehenden Rock wie eine Signalfahne um die nächste Ecke biegen. Am nächsten Tag verstellte Hedwig ihm den Weg. Wohin er denn gehe, so am helllichten Tage, wo doch alle anderen Menschen unterwegs seien und ihrer Arbeit nachgingen. Das wolle sie ihn schon immer mal fragen.

Von diesem Tag an passte sie ihn kurz hinter der Backstube ab, bald ergriff sie seine Hand, ging neben ihm her, als laufe sie auf Wolken, bis zu seiner Haustür. Pauls Verlangen war erwacht, doch andere Berührungen als mit ihrer Hand wagte er nicht, duldete Hedwig nicht. Mit einem ersehnten Kuss fiel er in den Schlaf, mit einem Kuss, der ihm im Traum erschienen war, wachte er auf. Bald steigerte sich das Verlangen nach einem Kuss zum Verlangen nach ihrem Körper. Nun war es nicht mehr allein ihr Mund, der ihn in den Schlaf hinübertrug. Hedwigs Gestalt war eine einzige Verheißung. Alles an ihr war rund und üppig, duftete verlockend wie die

Marzipankringel aus der Backstube. Ihr erstes abendliches Treffen endete für Paul in einem Desaster. Hedwig zierte sich und wehrte sich, für »so etwas« gebe sie sich nicht her. Kopfschüttelnd lief Paul ganz einfach davon – frustriert, beleidigt, ein wenig auch gedemütigt – und hoffte im Stillen, dass sie ihm vorerst nicht mehr auflauern würde. Doch Hedwig stand am nächsten Tag, als hätten sie es so verabredet, wenige Meter vor dem Bäckerladen und stieß tausend Entschuldigungen für ihr Verhalten am vorherigen Abend hervor. Pauls Verwünschungen schmolzen dahin und sie verabredeten sich zu einem gemeinsamen Radausflug in die Bergfelder Heide am kommenden Sonntag. Paul hatte vorgesorgt: Aus der Truhe kramte er die uralte, von Naphthalin durchtränkte Decke hervor, aus dem Nachtschränkchen neben dem Bett seines Vaters steckte er sich klammheimlich ein Kondom mit abgelaufenem Haltbarkeitsdatum in die Hosentasche. Solchermaßen versorgt ließen sie sich zwischen Heidekraut und Wacholderbüschen nieder. Hedwigs heftige Reaktion verwirrte ihn, er hielt sie zunächst für Abwehr, doch bald erkannte er, dass sie nichts mehr herbeisehnte als seine Tat. Ihr heißer Atem ließ ihre Wangen rosarot aufleuchten, ihr Biss in seine Unterlippe schmerzte ein wenig, steigerte aber auch seine Lust.

Wieder zu Hause musterte ihn seine Mutter mit scheelen Blicken. Wo er sich denn nur so an der Lippe verletzen konnte. Paul gab keine Erklärung. Das wird es wohl gewesen sein, resümierte sie und seufzte: »Paul, mach nur keine Dummheiten!«

Die Dummheiten zogen sich auch für Hedwig hin bis zu ihrer Volljährigkeit. Dann trumpfte sie vor ihren Eltern auf: Ab sofort könne sie tun und lassen, was ihr gefalle.

»Gut«, konterte ihr Vater, »das können deine Eltern jetzt auch«, und damit setzte er sie quasi vor die Tür. Mit dieser Entschiedenheit hatte sie nicht gerechnet, doch ihr Vater meinte es ernst. Und Paul meinte, sie könnte doch bei ihm unterkommen, doch er hatte nicht mit der Abwehr *seiner* Mutter gerechnet. Sie, aber auch Hedwig, drängte auf feste Bindung. Paul wiegelte ab. Wenn er seinen Gesellen in der Tasche habe, ja, dann … Dann aber setzte das Dauerniesen ein. Sein Meister hielt ihn dazu an, eine Maske zu tragen. Er könne doch nicht in den Brotteig reinniesen, in den Teig für das Feingebäck schon ganz und gar nicht. Das sah Paul ein, er erkannte aber auch, welche Konsequenzen das auf Dauer nach sich ziehen werde. Abgesehen von den Niesanfällen bereitete ihm die Allergie auch Rötungen um seine schönen blauen Augen. Schließlich warf er das Handtuch.

Hedwig tröstete ihn mit Selbstgebackenem und Bett und drängte mehr denn je auf Trauschein, zumal sie meinte, in ihrem Leib entstehe ein neues Leben. Auf eine ärztliche Bestätigung ihrer Vermutung wollte sie sich nicht einlassen. Tatsächlich erwies sich das neue Leben als Einbildung, was Paul mit Erleichterung quittierte. Arbeitslos und Kind und wilde Ehe, das wäre für ihn zu viel gewesen. Und außerdem – gehe denn nicht ein erheblicher Teil seiner Bezüge für die Verhütungsmaßnahmen drauf?

»Und wenn es doch mal passieren sollte?«, wollte Hedwig von ihm wissen. »Alles, nur kein uneheliches Kind!«, beschwor sie ihn. »Was die Leute von uns sagen würden.«

Es kam zu der reich ausgeschmückten Trauung.

Paul schmiss die Backstube und begann zu jobben. Er hatte sein Talent als Akkordeonspieler wiederentdeckt. Das Instrument führte sein eingestaubtes Dasein in einer Kammer auf dem Dachboden. Er hatte mit dem Spielen in der Schule begonnen, der Musiklehrer glaubte, sein musikalisches Talent entdeckt zu haben, und eines Tages stellte er vor Paul das schuleigene Instrument auf den Tisch. Er wies ihn in die Funktion der Tastaturen ein, erklärte ihm, wie er mit dem Balg umzugehen habe, besonderen Wert legte er darauf, das Instrument richtig zu halten. »Auf die Haltung kommt es an«, korrigierte er Pauls Schultern, die unter der Last des übergewichtigen Korpus' zusammenzufallen drohten wie der Balg, dem die Luft ausgeht. Das Instrument vom Dachboden war ein Geschenk zu seiner Konfirmation. Andere Kinder bekamen Laptops, Smartphones, Fahrräder – Pauls Eltern erinnerten sich an sein schlummerndes Talent. Und nach dem Ende des Bäckergesellendaseins erinnerte sich dann auch Paul an seine Gabe. Er entstaubte das Instrument, ließ die ersten Laute schrillen und sah ein, dass bis zur Auftrittsreife noch einiges zu perfektionieren sei.

Bald war die Nachfrage nach seinen Auftritten größer, als ihm lieb war. Er spielte zu allem: Hochzeiten,

Geburtstagen, Konfirmationen, Richtfesten, Jubiläen jeglicher Art. Sein Ruf strahlte über seinen Heimatort hinaus. Hochzeiten waren ihm am liebsten, gefeiert wurde bis in die frühen Morgenstunden und Paul rechnete nach einem selbst gewählten Stundensatz ab. Frischvermählte ließen sich nicht lumpen, rundeten seinen Lohn ohne langes Überlegen nach oben auf, und Paul war es zufrieden. Auch Hedwig war es zufrieden. Für die Übergangszeit mieteten sie die Souterrainwohnung in der Stadt. Übergang – das Wort, das ihr Zusammenleben über viele Jahre hinweg prägen sollte. Während Paul mit dem Akkordeon von Ereignis zu Ereignis zog, putzte Hedwig zuerst in einer Tierarztpraxis, später in der Praxis eines Hausarztes, was sie wie eine Art Beförderung einstufte. Später sorgte sie auch noch im Haushalt des uralten Schubel für Ordnung und Sauberkeit, vier Stunden in der Woche. Schubel steckte ihr den einen oder anderen Extraschein zu, »weil Sie doch so nett sind«, wie er seine Zugabe kommentierte, was sich anhörte, als entschuldigte er sich für sein Handeln. Anfangs dachte Hedwig, dass der Schubel eine Gegenleistung erwartete. Doch so einer war Schubel nicht, stellte sie mit Erleichterung fest. Zuerst gab ihr die Hausarztpraxis den Laufpass. Von mangelndem Vertrauen war die Rede. Wenn das erst mal weg sei, mache auch ihr Bleiben keinen Sinn. Kurze Zeit später wollte auch der Tierarzt nichts mehr von ihr wissen. Auch seine Patienten (womit er alles Getier zwischen Vogel und Hund einbezog) erwarteten *peinlichste* Sauberkeit, und Hedwig meinte, dass es bei Tieren doch nicht so genau darauf ankomme. Allein Schubel hielt ihr die Treue, bis es eines Tages Schubel nicht mehr gab. Er verstarb nach kurzem Krankenhausaufenthalt, seine nicht viel jüngere Schwester löste seinen bescheidenen Hausstand auf und überreichte Hedwig eine Abfindung, die aus mehreren Plastiktüten voller Bettwäsche, Handtücher und diversen Geschirreinzelteilen bestand, darunter Schubels Lieblingstasse mit der Aufschrift: *Traudel. Treu bis an den Tod.* Worüber Hedwig den Kopf schüttelte: Wer wohl mag Traudel gewesen sein? Und, sinnierte sie: Wer schon mag aus einer Tasse trinken, immer mit dem Tod an den Lippen? Als Erstes ließ sie die Tasse ganz schnell verschwinden. Von den Wäschestücken sortierte sie die von Stockflecken behafteten und fadenscheinigen Teile aus.

Eines Tages, nach einer lange durchfeierten Hochzeitsnacht, legte Paul kommentarlos und mit versteinertem Gesicht eine Pistole auf den Küchentisch. »Die ist geladen«, sagte er nach einigen Minuten des Schweigens. Hedwig verweilte wie erstarrt auf ihrem Stuhl. Sie fühlte sich unfähig, auch nur einen Finger zu rühren. Ihre Zunge löste sich erst, als sie feststellte, dass der Lauf in ihre Richtung zielte. »Willst du mich erschießen?« Paul drehte den Lauf in eine andere Richtung. »Sie ist gesichert. Passieren kann nichts. Hab dich doch nicht so.«

»Das Ding bringst du wieder dorthin, woher du es mitgebracht hast.«

»Das geht nicht mehr. Wem soll ich denn die Pistole zurückgeben? Ich weiß doch gar nicht, wem sie gehört.

Da hingen im Flur so viele Jacken und Mäntel herum, ein einziges Durcheinander. In einer Manteltasche war dann dieses Ding drin. Erst dachte ich: Was ist denn das da, wer trägt denn so was bei sich? Was sind die Menschen doch leichtsinnig. Dann hielt ich das Ding in der Hand und überlegte, was ich tun sollte. Sagen, dass ich so rein zufällig darauf gestoßen bin? Wie hätten die Hochzeitsgäste darauf reagiert? Dann dachte ich, die nimmst du mit, die gibst du bei der Polizei ab. Aber dann die ganze Fragerei nach dem Woher und Wieso und überhaupt. Vielleicht habe ich sogar ein Unglück verhindert, möglicherweise einen Mord, wer kann das wissen. Also habe ich sie eingesteckt und mitgenommen, und jetzt liegt sie hier.«

»Die Pistole muss verschwinden!«

»Und wohin damit?«

»Du hast sie hergebracht, jetzt musst du sie auch wegbringen.«

Paul steckte die Waffe hinter den Hosenbund und verließ breitbeinig wie nach Cowboyart die Küche. In die Küche zurück kam er ohne die Pistole. Hedwig stellte keine weiteren Fragen.

Mit der Zeit versank die Geschichte mit der Pistole so gut wie in Vergessenheit. Jedenfalls wurde nie wieder darüber geredet. Auch Paul mit seinem Akkordeon geriet mehr und mehr in Vergessenheit, die Nachfrage nach seiner Spielkunst tendierte gegen null. »An meinem Spiel kann es nicht liegen«, sagte er auf der Suche nach einer Begründung. »Die Menschen werden geiziger, und so richtig feiern können sie auch nicht mehr.«

Auf dem Sofa hatte er seine Schmollecke gefunden. Er wurde übellaunig. »Unleidlich«, nannte Hedwig sein Benehmen. Sein schlurfender Gang zerrte an ihren Nerven, sein fleckiges Hemd widerte sie an, mehr als sein Dreingeben in die Untätigkeit.

Nicht gelitten unter der Untätigkeit hatte sein Sextrieb. »Ich könnte immer.« Dieser Satz war ihm einmal einfach so rausgerutscht. Hedwig hatte versucht, ihn zu ignorieren.

Eines Tages rief ihre Schwester an. Sie hätte da etwas für sie. Der Getränkemarkt suche »händeringend« einen Mitarbeiter für die Kasse. »Hedwig, wäre das nicht etwas für dich? Rechnen, das kannst du doch ganz gut.«

Mit Rechnen hatte die digital gesteuerte Kasse allerdings nur noch wenig zu tun. Hedwig staunte über sich selbst, wie flott ihr die Tätigkeit von der Hand ging. War an der Kasse nichts zu tun, stellte sie Getränkekästen um, sortierte Leergut, versah die Artikel mit Preisschildchen.

Der Nachhauseweg fiel ihr von Tag zu Tag schwerer, sie wusste, was sie dort erwartete: Der unleidliche Paul mit seinen glasigen Augen, die längst ihr strahlendes Blau eingebüßt hatten, der allgegenwärtige modrige Geruch ihrer Wohnung, die nie einen Sonnenstrahl erblicken würde, auf dem erkalteten Herd die Pfanne mit den angekohlten Bratkartoffelresten, Eierschalen in der Spüle, der laufende Fernseher mit hoher Lautstärke, als müsse Paul sich einer Schwerhörigkeit entgegenstemmen. Hedwig bummelte die Straße hinunter, blickte um sich wie auf der Suche nach einem Menschen, den sie in ein Schwätzchen verwickeln könnte – ein wenig Klatsch, ein wenig Tratsch, Hauptsache, nicht gleich schnurstracks nach Hause. Sie trödelte. Habe ich vor ihm Angst, fragte sie sich manchmal. Doch nicht vor Paul, gab sie sich selbst die Antwort. Sie hatte gelernt, mit ihm und dem ganzen Drum und Dran umzugehen. Noch hatte sie die Hoffnung nicht verlassen, dass sich ihr Lebensblatt einmal wenden würde. Wir sind doch noch nicht alt. Und wenn der Paul mal was Auskömmliches findet, was Festes, dann kann sich der Himmel doch nur aufhellen. Doch mehr und mehr ahnte sie die Unwiederbringlichkeit der verflossenen ersten unbeschwerten Jahre. Für ein, zwei Minuten verharrte sie vor der Wohnungstür, sie zögerte, den Schlüssel ins Schlüsselloch zu stecken. Mit einem Seufzer schloss sie auf und trat in den Raum der Ereignislosigkeit.

Seine erste Nacht im Freien, ohne ein Dach über dem Kopf, zog sich unendlich lang hin. Er hatte sich auf dem blanken Boden in einer Ecke des Kleingartengeländes niedergelassen. Der Untergrund erwies sich als knochenhart und nicht ganz eben. Spitze Steine, dürres Geäst peinigten seinen Körper wie Nadelstiche. Er wünschte sich die müffelnden Jutesäcke herbei, doch die Tür zum Geräteschuppen hatte der Besitzer seit einigen Tagen mit einem handfesten Vorhängeschloss versehen. Da konnte Paul rütteln und zerren, so viel er wollte, der Schlossschnapper gab nicht nach. Der Schlafsack mit seinem Warmhalteversprechen bis minus zehn Grad hielt nicht ganz das, was seine Gebrauchsanleitung versprach. Ein Himmelreich für eine Isoliermatte, flehte Paul.

Die Nacht war sternenklar, was Paul zunächst begrüßte, weil kein Regen ihn von diesem Platz vertreiben würde. Nach Mitternacht breiteten die Sterne ihren kalten Mantel über sein Lager, er wechselte die Seitenlage, versuchte sogar, auf dem Bauch liegend zum Schlaf zu kommen. Erst bei einsetzender Morgendämmerung übermannte ihn ein tiefer, traumloser Schlaf.

Eine Isoliermatte erstand er in einem Supermarkt, ein Sonderposten zum Sonderpreis. Doch spätestens mit der Isoliermatte stand er vor der Frage: Wohin tagsüber mit all den Teilen, die, so sah er es, seinen jetzigen Hausstand bildeten? Schlafsack, Matte, dem Bündel mit der Wechselunterwäsche, den Wechselsocken, den Rasierutensilien, dem Stück Seife, dem Handtuch für alles und der Tupperdose mit dem Notproviant? Auch einen Regenschutz, so ein Ding mit Kapuze, hatte er aus dem Supermarkt mitgenommen – nun ja, mehr oder weniger mitgehen lassen. Doch hatte er nicht die Matte von seinem ehrlichen Geld erworben? Abgesehen davon, dass all diese Artikel sich sperrig ausnahmen, waren sie auch eine Last, die mit zunehmender Tragezeit an Gewicht zulegte. Paul sann darüber nach, wo er diese Last tagsüber hinterlegen könnte. Er verfiel auf eine unbenutzte Remise im Hinterhof eines großen Wohnblocks, eigentlich nur eine Art Bretterverschlag, mit dem er auch schon mal als Nachtquartier geliebäugelt hatte, doch wegen der vielen Hunde, die dort ihr Bein hoben, ließ er davon ab. Er hasste Hunde, fürchtete sich vor deren Geknurre, brach in Schweiß aus, wenn sie sich ihm schwanzwedelnd näherten, um seine Beine schlichen, ihn beschnupperten, mit heraushängender Zunge nach seiner Hand gierten. Ihm fiel die Frau ein mit dem Einkaufswagen, der bepackt war mit einer Isomatte, einem Schlafsack und einem sackähnlichen Gebilde, selbst ein Regenschirm baumelte am Haltegriff des Wagens; und in ihrem Schlepptau dieser Hund, den sie an einem Strick hinter sich herzog. Hund? Ein braun-weiß gefleckter Köter mit hängendem Kopf, das Fell struppig wie eine alte Klobürste. Den Vergleich fand er sogar lustig: Frau mit Klobürste. Doch sie ist nun mal eine Frau und sie muss sich schützen, irgendwie, insoweit konnte er ihren Begleithund auch verstehen. Zweimal war er ihr auf der großen Einkaufsstraße begegnet und jedes Mal hatte ihn solch ein diffuses Gefühl befallen, als habe auch sie ihn wahrgenommen. Doch das war sicherlich ein Irrtum. Weshalb ausgerechnet er, was ist schon so Besonderes an ihm? Er schlug diesen Gedanken in den Wind und begab sich zu der Remise. Dort lagerte er seine sperrigen Habseligkeiten bei Einbruch der Dunkelheit. Die Pistole behielt er körpernah bei sich, verstaut zwischen Unterhemd und Hemd. Für alle Fälle, sagte er sich. Die einen haben einen Hund, meine Sicherheit befindet sich unter meinem Hemd.

Mit der Isomatte verbrachte er auch die Folgenacht zwischen Gartengestrüpp und Geländeeinfriedung. Kaum dass er sich niedergelassen hatte, schlief er ein, und kaum dass er eingeschlafen war, bestürmten ihn wirre Träume. Mal erschienen ihm helle Bilder: Unter einer blendend hellen Sonne, so hell, dass ihn die Augen schmerzten, bunt gestrichene Häuser, aus denen heraus ihm Frauenhände zuwinkten; eine Hand schien er zu erkennen, und als er sie zu ergreifen versuchte, entzog sie sich ihm. Das Bild kippte weg. Nun betrat er einen langen Gang, der in die Tiefe hinabführte. Als er versuchte, sich umzudrehen und den Weg wieder nach oben zu gehen, zwang ihn eine Pistole in einer weißen Hand, den Weg in die Unterwelt fortzusetzen. Die Hand war körperlos, die Suche nach dem dazugehörigen Menschen blieb ergebnislos. Auf den letzten abwärts führenden

Metern blieb er stehen, lauschte, vernahm ein Knistern, ein Rascheln, zuckte zusammen und schlug die Augen auf.

Neben seiner Schlafstatt raschelte das Laub. Als er seinen Kopf in die Richtung wendete, aus der er dieses Geräusch vernahm, huschte ein langschwänziges, faustgroßes Tier an seinem Kopf vorbei in die Tiefe des Gestrüpps. Eine Ratte? Er zurrte den Schlafsack fest um seinen Körper und verpackte seinen Kopf so tief in das Kapuzenteil, dass von seinem Gesicht nur noch die Nase hervorragte. »Kann es mit mir noch tiefer bergab gehen – ich, eine Robbe mit Atemloch?« Er erstarrte, fühlte sich nicht in der Lage, auch nur ein Bein, einen Arm zu bewegen. Jetzt ist es aus mit mir, jetzt ist Schluss, weiter nach unten geht es nicht, da kann mir auch keine Pistole beistehen. Er überlegte, was er unternehmen sollte. Das Lager wechseln? Doch wohin, so mitten in der Nacht? Zu Fuß in die Innenstadt in dieser Dunkelheit auf der Suche nach einem geschützten Lager – wie ermüdend das wäre, und außerdem kannte er dort kaum geeignete Schlafstätten. Von Obdachlosenunterkünften hatte er mal etwas gehört, Aber wo befinden die sich? Er beschloss, an dieser Stelle liegen zu bleiben. Es wird bald dämmern, redete er sich gut zu, und wenn dann die geträumte Sonne emporsteigt, wird sich alles zum Guten wenden. War das nicht immer so?

Er schlief traumlos bis zur vorgerückten Morgenstunde. Die ersten Kleingärtner trafen ein, Rasenmäher wurden in Gang gesetzt, ein Moped knatterte über die Gartenwege, ein Mann zog wenige Meter von Pauls

Schlafstatt entfernt mit einem Bollerwagen vorüber. Als der Mann außer Sichtweite war, rollte Paul Schlafsack und Isomatte zusammen und schlich sich durch die angrenzende Hecke davon.

1 2

Wie viel Zeit war vergangen seit Hedwigs Wegbleiben, fragte Sabine sich. Das Wort »Verschwinden« versuchte sie zu verdrängen, das hat so etwas Gruseliges an sich, hört sich an, als wäre ihr etwas Schlimmes zugestoßen oder als hätte sie sich in Luft aufgelöst. Kein Mensch löst sich in Luft auf, natürlich nicht, auch wenn manch einer sich das schon hin und wieder gewünscht hat. Von Hedwig kein einziges Zeichen, keine SMS, kein Anruf, auch kein knappes Hallo am Telefon, das sollte sie mir schon schuldig sein, oder eine Postkarte, irgendwo muss sie doch stecken. Dass der Paul sich nicht dahinterklemmt, jedenfalls nicht so richtig.

Sie beschloss, sich um Hedwigs Verbleib zu kümmern. Ist sie nicht meine intimste Freundin? Wie sie sich nur so an dem Paul festbeißen konnte. Festbeißen, jawohl, anders kann ich das nicht sagen. Paul hinten, Paul vorne, als gäbe es nicht haufenweise andere Männer auf dieser Welt. Aber so sind wir Frauen nun einmal: diesen einen oder keinen. Hedwigs Bruder fiel ihr ein. Doch sie konnte sich nicht erinnern, wo er lebte. Dann erinnerte sie sich, wie Hedwig einmal mit versonnenem Augenaufschlag den Namen eines Mannes fallen gelassen hatte: Charlie. Charlie, Karli, Konni – etwas wenig, um da nachzuhaken. Sie zergrübelte sich den Kopf auf der Suche nach dem Nachnamen, dann hätte sie schon mal einen Anhaltspunkt, das Internet kann da vielleicht weiterhelfen. Irgendwas mit »…echler« oder »…bechler« am Ende. Flechner, machte es plötzlich klick in ihrem Kopf. Charlie Flechner, von dem sie mir sogar mal ein Bild gezeigt hatte. »Aber sag bloß nichts Paul davon, sonst denkt der sich wer weiß was«, hatte sie Sabine beschworen. Charlie hatte stark abstehende Ohren, daran erinnerte Sabine sich. »Seine Ohren finde ich irgendwie …« Nach dem »irgendwie« stockte Hedwig, ließ das Bild verschwinden und holte es nie wieder hervor.

Sabine schaltete den Computer an und gab den Namen in die Suchmaschine ein. Unergiebig, musste sie feststellen. Selbst wenn ich diesen Charlie ausfindig machen sollte – was würde Hedwig von mir denken, wenn ich dort anriefe? Dass ich ihr hinterherspioniere? Das Bild mit dem Charlie war solch eine Schnapsidee, befand sie. Hat nicht jeder ein kleines, stilles Geheimnis, eine stumme Schwärmerei so nebenbei? Nein, nein, da war nichts, da war sie sich sicher. Hilflos ließ sie ihre Hände sinken, schaltete den PC aus und hielt es doch für das Beste abzuwarten. »Etwas unheimlich ist das schon, liebe Hedwig«, murmelte sie. »Wegbleiben auf stumme Art, das ist nicht so einfach für die Zurückgelassenen. Man macht sich doch Sorgen. Was so alles passieren kann, nicht auszudenken.«

Sie entsann sich des kleinen Schlüssels für den Briefkasten, den Paul ihr in einem Umschlag in ihren Briefkasten geworfen hatte. »Eine Frechheit von dem Paul!«, hatte sie wütend reagiert. Hätte wenigstens klingeln können. »Kannst du ab und zu mal nach unserem Briefkasten gucken?«, hatte auf dem knittrigen Zettel gestanden. Mehr nicht, kein Gruß, nicht einmal ein »bitte«. »Nichts werde ich tun!«, hatte sie wütend reagiert. »Bin ich deine Dienstmagd?«

Ihre innere Unruhe wollte sie nicht verlassen. Am folgenden Tag öffnete sie den Briefkasten und überflog die Absenderadressen: Vermieter Schrader, Installateur Patzke, ein anonymes Schreiben, die Empfängeradresse handgeschrieben. Sie wendete den Umschlag hin und her und nahm die Post zu sich mit nach Hause. Was soll ich denn damit anfangen, Paul hat mir keine Anschrift hinterlassen. Sie legte die Post vor sich auf den Tisch, ihre Augen hafteten wie Saugnäpfe an dem Umschlag ohne Absender. Plötzlich erinnerte sie sich an den uralten Trick: Wasserdampf. Wie von Geisterhand löste sich die Verschlussklappe. Sie las: »... *Sollten Sie im widerrechtlichen Besitz dieser Schusswaffe sein, so fordere ich Sie auf, selbige am genannten Ort unverzüglich zu hinterlegen.*« Genannt wurden der Hinterlegungsort und der späteste Hinterlegungstermin. Keine Unterschrift, keine Absenderadresse. Die Fotografie von einer Pistole, in der Gravur der Name *Jock*. Als läge die Pistole als solche in ihrer Hand, entfiel ihr die Fotografie, flatterte hinunter auf den Boden. »O Gott, o Gott«, stammelte sie. »Paul, ausgerechnet er, das schmale Hemd. Ist es so weit mit ihm gekommen? Was will er denn mit einer Waffe? Sollte er damit etwa Hedwig ...?« Der Gedanke verwirrte sie. Sie tat das Schreiben und das Foto in den Umschlag zurück, befeuchtete den Klebestreifen mit der Zunge und verschloss den Umschlag. Doch warum hat auch *er* die Wohnung verlassen? Ist er womöglich auf der Flucht? Irgendetwas stimmt doch hier nicht. Zu diesem Briefkasten gehe ich nie wieder hin und auch zur Polizei werde ich nicht gehen, entschied sie. Wer weiß, wie dann auch ich in was auch immer mit reingezogen werde. Sie verstaute alle drei Schreiben in der Tischschublade.

Die erste Nacht in der Innenstadt verbrachte Paul in der Toreinfahrt zur Speditionsfirma Bär. »*Bär – wir packen das – Zug um Zug.*« Unter diesem Schriftzug abgebildet: ein lächelnder Bär, der mit Umzugskartons jongliert. Paul hatte versucht, in einen der großen Laster zu gelangen. An sämtlichen Türen hatte er gerüttelt und gezerrt, aber da war nichts zu machen. Alle Autos waren hinter Schloss und Riegel. Der Abend war bereits weit vorangerückt, er war verzweifelt, er sehnte sich nach einem warmen Bett, und sei es noch so schäbig, auch wollte ihn der Gedanke an die Hecke im Schrebergarten nicht verlassen, das wäre doch besser, als sich hier in dieser zugigen Ecke niederzulassen. Die Müdigkeit überwältigte ihn, er breitete die Isomatte aus und kletterte in den Schlafsack. Hier ist es trocken und ruhig, wenigstens diese kleine Genugtuung ist mir geblieben, resümierte er. Auch das Betriebsgelände der Spedition hat sich in Schweigen gehüllt. Mit diesen Gedanken übermannte ihn nach wenigen Minuten der Schlaf.

Am folgenden Morgen, Punkt sieben, war es mit seiner Nachtruhe vorbei. Für die Spedition hob der Arbeitstag an. Unsanft wurde er aus dem Schlaf gerissen. Eine Schuhspitze berührte seinen Rücken. »Das geht hier nicht«, sagte der Mann, der ihn mit dem Fuß berührt hatte. »Pack deinen Kram und verschwinde! Und lass dich hier nie wieder blicken!«

Vor der Toreinfahrt blieb Paul unschlüssig stehen. Missmutig blickte an sich herab, ärgerte sich über seine zerknitterte Hose. Damit kann ich doch nicht auf Abgriff gehen. Und überhaupt, wie mag ich wohl im Gesicht aussehen – auch so zerknittert wie die Hose? Mit hängendem Kopf schlich er in die Richtung, wo er eine größere Straße vermutete. Auf jeden Fall ist es erträglicher, sich im Gewühl einer anonymen Menschenmasse aufzuhalten, von niemandem beachtet, geschweige denn wahrgenommen – das hat er auch bei anderen, die in ähnlicher Situation waren, beobachtet. Er hat auch gesehen, wie ihnen von den Passanten im Vorübereilen die eine oder andere Münze zugesteckt wurde. Doch so weit wollte er es mit sich erst gar nicht kommen lassen. Das, so befand er, ist ja nun wirklich das Allerletzte, und noch bin ich körperlich und geistig gut beieinander, kann meiner Tätigkeit nachgehen, bin auf fremde Hilfe nicht angewiesen.

Wie von unsichtbarer Hand geführt stand er unversehens vor dem Eingangsautomaten zu einem SA-NITAIR-und-Hygiene-Center. Zum Duschen befand er den Eintritt als viel zu hoch. Zum Waschen und Rasieren blieb ihm nichts anderes übrig, als in den teuren Eintrittsapfel zu beißen.

Frisch rasiert und gewaschen nahm er die S-Bahn in Richtung westliche City, dort würde er sein Gepäck hinterlegen, und er wusste auch schon, wo: Nebeneingang von diesem großen Kaufhaus, er hatte gesehen, dass auch andere Personen in vorübergehender Notlage, wie er selbst das einstufte, dort ihre Übernachtungsutensilien lagerten: Schlafsäcke, Steppdecken, Kartonpappe; selbst eine Luftmatratze, nahezu der Gipfel des Luxus, glaubte er, dort gesehen zu haben.

Er genoss es, sich vom Strom der Passanten treiben zu lassen. Ohne die lästigen Gepäckstücke fühlte er sich frei, ja geradezu beschwingt, die bevorstehende Nacht lag noch in weiter Ferne, seine Gedanken kreisten um den nächstmöglichen Abgriff. Sollte der Ertrag besonders üppig ausfallen, könnte ich mir sogar wieder eine Hotelnacht leisten, überlegte er. Doch ich sollte nicht leichtfertig sein, wer weiß, wie die kommenden Tage ausfallen werden.

In einem Imbisscafé leistete er sich ein Mettbrötchen und einen Cappuccino. Am großen Panoramafenster eilten Straßenpassanten vorbei, doch nicht alle hatten es eilig, manche verzögerten ihren Lauf, warfen über die Scheibe unverhohlen neugierige Blicke in das Café, liefen weiter, ein Mann blieb sogar stehen, hielt seine flache Hand wie einen Schirm über seine Augen, um besser sehen zu können.

Plötzlich beschlich Paul das Gefühl, beobachtet, wenn nicht gar verfolgt zu werden. Hastig schlang er sein Brötchen hinunter, hastig stürzte er den Kaffee in sich hinein und hastig verließ er das Café. Von dem Mann mit den abgeschirmten Augen keine Spur. Sehe ich Gespenster, fragte er sich. Wenn jemand meint, mich als den Abgreifer erkannt zu haben, dann *meint* der das auch nur, und dann muss er mir das erst mal beweisen. Nein, nein, so einfach ist das nicht, so leicht gehe ich nicht ins Netz.

Doch von nun an war er verunsichert und sagte sich, dass doppelte Vorsicht und noch mehr Umsicht geboten seien. Die schmerzhafte Lücke in der Geldbörse ließ ihm keine andere Wahl. Er musste tätig werden. Und er wusste auch, wo: Kaufhaus, Herrenanprobe.

Über der Schwingtür hing eine lässig hingeworfene Hose, in der Gesäßtasche zeichneten sich die Umrisse eines prall gefüllten Portemonnaies ab, unter der Tür waren zwei Füße in Socken zu erkennen. Diese Unvorsicht, schüttelte Paul verständnislos den Kopf. Das schreit doch geradewegs nach Bestrafung! Wie von unsichtbarer Hand gelenkt, fuhr sein rechter Arm in Richtung des verführerischen Beuteobjekts.

Ein Faustschlag streckte ihn zu Boden.

»Wage es nicht!«, raunte ihm der Mann in Socken und Unterhose ins Ohr. »Wage es nicht noch einmal! Sonst mache ich aus dir Hackfleisch!«

Ein pflaumengroß aufgequollenes lilablaues Auge verunstaltete Pauls Gesicht. Der Schmerz war leidlich zu ertragen, ein paar Tropfen Blut fielen auf seine Jacke. Er suchte nach der Kundentoilette, spülte sich das Blut aus dem Gesicht. Beim Blick in den Spiegel erschrak er über seine Physiognomie. Mit diesem Handicap hatte er vorerst schlechte Karten, das sah er ein. Über die Hintertreppe schlich er sich aus dem Kaufhaus davon.

Den Traum von einer Nacht in einem weichen Bett im Hotel musste er in den Wind schlagen: Das blaue

Auge, kein Geld – da brauche ich doch gar nicht erst anzuklopfen, resümierte er. Kein Hotel nimmt solch einen Gast auf. Seine Gedanken kreisten um die bevorstehenden Nächte. Auch sein Magen machte sich bemerkbar, außer diesem knappen Imbiss vor undenkbar langer Zeit hatte er nichts zu sich genommen. Doch das werde ich jetzt durchstehen, redete er sich zu. Bis zum Abend werde ich die Zeit rumbringen müssen, dann machen die Lebensmittelläden zu, dann tragen sie das Unverkaufte zum Hintereingang und kippen es in die großen Container. Eine Schande ist das doch, entrüstete er sich. Frisches Obst mit ein paar Dellen und Druckstellen, angeschrumpelte Möhren, Salatköpfe, von denen nur die Deckblätter leicht angewelkt sind. Aber Salat sollte mir egal sein, daraus mache ich mir so und so nichts. Dann aber die Verpackungen mit Verfallsdatum: Pizzen, Wurst, Schinken, Käsesorten vom Feinsten, Wiener Würstchen, o ja, sollten sie die auch in den Müll getan haben … Bisher hatte er es umgangen, sich dort zu bedienen, da gab es immer noch diese Hemmschwelle, die ihn daran hinderte. Ein Rest von Scham, eine gewisse Scheu, aber auch eine leise Angst vor Entdeckung, vom Inhaber verjagt, womöglich von der Polizei ergriffen zu werden. Anklage wegen Diebstahls, Verhör mit allen Angaben zur Person. Nur das nicht, nie und nimmer in solch einen Teufelskreis geraten. Die Abgriffe, das ist etwas anderes, da kann mir keiner was nachweisen. Aber das da? Das können sie belegen, schwarz auf weiß. Er hatte andere klammheimlich beobachtet, die sich dort bedienten. Wenn ihn nicht alles täuschte, hatte er auch die Frau mit dem Einkaufswagen dort gesehen. Doch vielleicht irre mich auch, manchmal sehe ich schon Gespenster. Andererseits, glaubte er, gehört zu haben, soll es auch Läden geben, die das Mitgehenlassen von entsorgten Lebensmitteln tolerieren. Wo aber finde ich solch einen Laden? Die Welt ist schon ziemlich verzwickt, da soll sich einer auskennen.

Heute habe ich Geburtstag, fiel ihm ein. Sollte ich mir da nicht was Gutes gönnen? Eine Torte könnte mir gefallen. Mit viel Creme, viel Schokolade. Hatte ich mir immer gewünscht. Zum Geburtstag hatten wir Kinder bei Mutter immer einen Wunsch frei. »Du mit deiner Schokoladentorte«, hat sie gestöhnt. »Das ist ein gutes Stück Arbeit.« Und dann hat sie die Torte doch wieder für mich gemacht. Nur nicht zu viel dran denken, da läuft mir doch gleich das Wasser im Munde zusammen. Im Tortenessen war ich Weltmeister. »Junge, dass du nur keine Bauchschmerzen kriegst!« Aber da konnte ich sie beruhigen. Auch eine Kerze hat sie angezündet, die musste ich immer auspusten, und wenn sie ausgepustet war, hat sie sie wieder angezündet. »Ist doch dein Lebenslicht.« Und heute? Keine Torte, keine Kerze. Und auch keine Gratulanten, natürlich nicht, woher sollten sie auch kommen.

Quietschende Autoreifen rissen ihn aus seinen Gedanken. Zu Stein erstarrt stockte er hart an der Bordsteinkante. Die Frau am Steuer schüttelte den Kopf, zeigte ihm einen Vogel. Einen halben Meter weiter auf die

Fahrbahn, und es hätte ihn erwischt. Er blieb auf der Stelle stehen.

Er spürte, wie sich die Erstarrung in seinem Körper löste, er machte ein paar Trippelschritte, als prüfe er, ob seine Beine noch ihren Dienst taten, und er fragte sich: Wie alt bin ich heute eigentlich geworden?

Für die bevorstehende Nacht hatte er eine Bank in einer Grünanlage ausgekundschaftet. Am späten Nachmittag hatte er sich darauf niedergelassen und sich von der tief stehenden Sonne bescheinen lassen. Doch die Sonne tat dem dicken Auge nicht gut. Er hatte das Gefühl, dass das Auge unter der Sonnenwärme aufquoll wie ein Hefekloß. Kühlung täte gut, dachte er. Er suchte nach einem schattigen Platz, fand unweit von der Sonnenbank unter einem Baum ein Fleckchen Grün, wo er sich niederließ, nicht ohne seine Bank aus dem Blick zu verlieren. Nach wenigen Minuten streckte er sich lang aus und fiel übergangslos in einen traumlosen Schlaf.

Die nächtliche Streife vertrieb ihn von der von ihm auserkorenen Bank. »... nicht hier ... öffentlicher Raum ... such dir was anderes ...« Paul angelte nach seinen Schuhen, rollte Isomatte und Schlafsack ein, versuchte, sein geschwollenes Gesicht zu verbergen, nahm aber dennoch wahr, wie die beiden Männer synchron ihre Köpfe schüttelten. »Hier ist eine Adresse. Asyl für Obdachlose. Aber beeil dich, um zehn machen die dicht.« Paul steckte das Blatt mit der Anlaufstelle in die Hosentasche, ohne einen Blick darauf geworfen zu haben. Die beiden Männer blickten ihm beim Verlassen

der Grünanlage hinterher, das spürte er, dazu brauchte
er sich nicht umzudrehen.

1 4

»Ich bin die Rosemarie, wer mich kennt, nennt mich Rosi. Das hier ist mein Quartier«, sagte sie bestimmt.

Im ersten Augenblick wusste Paul nicht, wie er sich verhalten sollte, er konnte sich auch nicht erklären, wie er hierhin geraten war. Bleiben oder gehen, ein Mittelding gibt es hier nicht, das war ihm klar. Rosis *Quartier*, eine Art Höhle, war für fremde Blicke schwer einsehbar, Schutz vor Zugluft boten die Seitenwände aus daumendickem Styropor, ein Vorhang aus geblümter Baumwolle versprach sogar so etwas wie Heimeligkeit. Ein wenig fühlte sich Paul an den Schuppen in der Gartenanlage erinnert.

»Ich lasse hier keinen anderen rein. Mach also, dass du weiterkommst.«

Unschlüssig blieb Paul vor dem Höhleneingang stehen. Er war sich sicher, mit der Rosi der Frau aus der Fußgängerzone mit dem Hund und dem vollbepackten Einkaufswagen begegnet zu sein. Und dann entdeckte er auch den Wagen, der hinter dem Höhlenquartier seinen Platz gefunden hatte. Neben dem Wagen der Hund, der ihn misstrauisch musterte.

»Also, was ist?«

Mit der ist schlecht Kirschen essen, befand Paul. Bei Frauen mit starkem Willen fuhr *sein* Willen hinab in die Tiefgarage.

»Was ist denn mit deinem Auge passiert? Sag mir nicht, du bist gegen einen Laternenpfahl gelaufen! Wenigstens wegen der Schramme sollte man was unternehmen. Ich habe Verbandszeug. Ich habe einen Erste-Hilfe-Kasten, so was braucht jeder Mensch. Ich habe sogar einen Spirituskocher, die gab es mal in diesem Billigartikelladen in Kreuzberg für 'n Appel und 'n Ei. Na komm schon, ich mach dir einen Tee.« Sie füllte Wasser aus einer Flasche in einen Topf. »Du bist noch nicht lange draußen, das merkt man, das spürt man. Anfänger. Aber das wird schon, wart's nur ab.« Im Topf über dem Kocher begann das Wasser zu sprudeln. Rosi tat ein Teetütchen in den Becher und füllte Wasser ein. »Ich habe nur den einen Becher. Bei mir gibt es alles nur einmal. Die Teetüten kann man ganz einfach mitgehen lassen. Immer mal so zwei, drei Stück aus der Verpackung, das merkt doch kein Mensch, außerdem tragen die Dinger nicht auf und geben an der Kasse keinen Piep von sich. Wirst du alles noch lernen. Und leg doch mal die Matte und den Schlafsack ab, so kann man doch nicht trinken.«

Paul schlürfte in kleinen Schlucken das heiße Getränk aus dem Becher, den eine eingerollte Katze verzierte. Er spürte, wie gut ihm das tat, und er dachte daran, dass er nach dem Trinken Rosis Höhle würde verlassen müssen. Davor grauste ihm. Er spürte aber auch, wie Rosi ihn unverblümt musterte, wie sie ihre Augen zusammenkniff, als nehme sie an ihm Maß.

Sie zog die dolchgroße Haarnadel aus ihrem angegrauten Haargewirr, sortierte mit flinken Fingern das

Gewirr zu einem knotigen Turm, verlieh mit dem Dolch dem Turmgebilde einen unverrückbaren Halt, fuhr sich mit der Zunge über die Lippen, und dann sagte sie: »Die eine Nacht. Matte und Schlafsack hast du ja. Und am Morgen verschwindest du. Ansonsten: Rühr mich nicht an, dass wir uns da recht verstehen.«

Paul rollte Matte und Schlafsack aus. Der Platz zum Schlafen war sehr eng, gab nur äußerst geringe Distanz zu Rosi her. Die fast nahtlose Nähe zum weiblichen Körper peinigte ihn, er geriet ins Schwitzen, sein aufgeschlagenes Auge begann heftig zu pochen. Wenn ich sie jetzt berühre, führt sie einen mächtigen Zirkus auf, schmeißt mich raus mit Schimpf und Schande, da bin ich mir sicher, dachte er. Das Geruschel in ihrem Schlafsack kratzte an seinen Nerven. Er versuchte, Einschlafen zu simulieren.

Kurz bevor er einschlief, nahm er wahr, wie ihre Hand sich an seinem Schlafsackreißverschluss zu schaffen machte. Blitzschnell war er wieder hellwach. Ihre Vereinigung war sehr heftig, hemmungslos und schmerzvoll zugleich. Paul wollte sie küssen, dagegen wehrte sie sich. Als seine Zunge flüchtig ihr Gesicht berührte, glaubte er, einen salzigen Geschmack wahrgenommen zu haben.

»Morgen früh bist du weg«, sagte sie abermals. »Ich will das nie wieder.« Paul nickte zum Zeichen seiner Zustimmung, konnte sie aber in der Dunkelheit nicht sehen.

Heute ist mein Geburtstag, fiel ihm wieder ein. Doch das werde ich ihr nicht sagen.

1 5

Er war wild entschlossen, die Stadt zu wechseln. Berlin war ihm zu ruppig, zu kalt, ungemütlich. Ungemütlich, ja, das war das richtige Wort. Die Menschen hier werden zu schnell handgreiflich, die Frauen haben nur sich selbst im Sinn, und überall wird kontrolliert. Am liebsten wollte er sich im Süden niederlassen, irgendwo dort, wo immer die Sonne scheint. Haben das nicht auch andere geschafft, fragte er sich.

Da war doch dieser Charlie, dieser Angeber. Der wollte nach Italien, nach Kalabrien oder wie die Ecke heißt. Dort kannte er angeblich einen Kumpel, der hat dorthin geheiratet. Dessen Schwiegervater hat dort einen großen Auslieferungsbetrieb, zuverlässige Kraftfahrer werden gebraucht. »Du weißt ja, wie das dort so ist«, hat Charlie mir die Ohren vollgelabert. »Auf die Einheimischen da unten ist nicht immer Verlass.« Charlie mit der Lederjacke, erinnerte Paul sich plötzlich. Wo habe ich ihn bloß kennengelernt? Das muss bei Hedwigs Betriebsweihnachtsfeier gewesen sein. Ihr Chef machte einen auf dicken Affen. Angestellte und Partner, ob in Ehe oder nicht, dem Chef war das egal, eingeladen war eingeladen. Hat sich ja nicht lumpen lassen. Gänseessen vom Feinsten und Wein so viel, wie du verträgst; auch Vorspeise und Nachtisch. Wo war das doch gleich? Im Mäuseturm, richtig, jetzt fällt mir das wieder ein.

Lustiger Name: Mäuseturm. Steht der Mäuseturm nicht eigentlich in Bingen am Rhein, fragte er sich. Komisch. Charlie war solo gekommen. »Meine Frau ist nicht abkömmlich«, hat er mir gespreizt berichtet. Als ginge mich das was an. Charlie fuhr den betriebseigenen Lieferwagen. Wir haben ganz schön einen gepichelt. Zu vorgerückter Stunde wollten die Frauen tanzen. Aber zum Tanzen war da nichts. Bloß so ein Musikautomat, wo man einen Euro reinsteckt und auf die Taste mit der Wunschmusik drückt – und so eine kleine Fläche, viel zu eng, um sich dort so richtig bewegen zu können. Hedwig zerrte an mir rum, die hatte auch schon so einen Kleinen sitzen. »Komm schon, zier dich nicht!« Ich wollte nicht, vor allem wollte ich mich nicht lächerlich machen. Dann hat sie sich den Charlie geschnappt. »Hoppla«, dachte ich, »so kenne ich dich doch gar nicht.« Charlie tanzte mit ihr, lachte, fasste hierhin und dorthin. Mir wurde das zu bunt. Wir sind dann aufgebrochen. Hedwig zog eine Schnute wie ein bockiges Kind. Danach von Charlie kein einziges Wort mehr. Angeblich hat er die Firma gewechselt, nach Kalabrien hat er es wohl nicht geschafft.

Versuche ich es heute Abend bei meinem Bruder, überlegte er. Ach, der kann mir gestohlen bleiben. Der glaubt, es gepackt zu haben. Der und seine Toten, gruselig. Ob ich denn nicht auch mal an meine Zukunft denke, hat er mich gefragt. Zukunft? Welche Zukunft? Na ja, festes Einkommen. Nicht immer nur diese Kurzzeitjobs. Und später mal die Rente, da muss man doch vorsorgen. Wer nichts in die Kasse einzahlt, kriegt auch nichts aus der Kasse raus. Denk mal nach! Denken, denken, dieser Schlauberger, immerzu denken, dass einem der Kopf nur so schwirrt.

Unversehens befand er sich vor einem Kaufhaus dicht an einem S-Bahn-Bogen, wie er dorthin geraten war, konnte er sich nicht erklären. Eine Stunde lang oder gar mehr war er durch die Stadt geschlendert, ohne Zeitgefühl, durch unbelebte Straßen, durch belebte Straßen mit Läden aller Art, hatte einen Fuß vor den anderen gesetzt, ohne zu wissen, wohin die Füße ihn tragen würden. An den Anblick der Schaufenster mit aufreizenden Auslagen hatten seine Augen sich gewöhnt, gegen Verlockungen solcher Art fühlte er sich resistent, wenn nicht gar erhaben, empfand sogar so etwas wie Mitleid mit den Menschen, die derlei nicht widerstehen konnten: Gehen arbeiten, rackern sich ab und dann ziehen die Händler ihnen das Geld aus der Tasche und lachen sich eins ins Fäustchen. Nicht mit mir, gelobte er sich.

Die Beine wurden ihm schwer, die Füße taten ihm weh, seine Schritte wurden immer schleppender. Zu seinen Füßen erblickte er dicke Lagen Pappen, ein mit Planen abgedecktes Bündel, dort einen Klapphocker und da sogar einen uralten Kinderwagen. Reflexartig fuhr seine Hand unter die Jacke, dorthin, wo er die Pistole verstaut hatte. Hinten links wäre noch Platz für meine Matte, überlegte er. Doch sogleich wies er den Gedanken von sich. Ich und Platte, kommt doch überhaupt nicht infrage. Nicht auszudenken, wenn da jemand vorbeikäme, den ich kenne und der dann auch noch mich erkennt. Doch andererseits, wen kenne ich schon in dieser großen Stadt, und außerdem kann man sich immer noch auf die Seite drehen und ihm den Allerwertesten zeigen, da soll mich mal einer erkennen. Schließlich, wenn andere das tun? Ist vielleicht die einfachste Lösung.

Er rollte seine Matte aus und sah, dass der freie Platz doch recht knapp bemessen war. Die Matte kollidierte mit der angrenzenden Pappe. Und wenn ich die Pappe ganz einfach ein Stück weiter nach rechts ziehe, überlegte er. Und der Kinderwagen nimmt sowieso zu viel Platz ein. Er begann, die vorhandenen Habseligkeiten neu zu arrangieren. Als er nach dem Kinderwagen griff, packte ihn von hinten eine Hand am Kragen und raunte ihm ins Ohr: »Noch eine falsche Bewegung, Bürschchen, und du landest in der Mülltonne!«

Paul erstarrte.

»Ich wollte doch nur …«

»Ich wollte doch nur, ich wollte doch nur«, echote der Mann mit der Pudelmütze. »Und jetzt hau ganz einfach ab!«

»Nur die eine Nacht«, bettelte Paul.

Die Pudelmütze kniff die Augen zusammen. »Und, was kannst du bieten?«

Ich habe noch sechs Euro, überlegte Paul blitzschnell. »Fünf«, bot er an. »Mehr habe ich nicht.«

Die Pudelmütze maß die freie Stelle mit seinen Augen, schob den Kinderwagen in die hinterste Ecke und kratzte sich am Hinterkopf. »Pack dich da hin und behalt deine lumpigen paar Euro. Fünf, dass ich nicht lache. Und rühr nie wieder meine Sachen an!«

Die Nacht war mild, es ging kein Lüftchen. Von seinem Lager aus konnte Paul einen sternenbestückten Himmelsausschnitt sehen. Das kalte Blinken berührte ihn nicht. Anfangs störte ihn das nahe Geratter der S-Bahn-Züge, doch mit vorgerückter Zeit verflog das Dröhnen in seinem Kopf. Ein Hauch von Wohligkeit umfing ihn. Hin und wieder huschten Menschengestalten an seinem Lager vorüber, klackerten Absätze, er vernahm Kichern, Wortfetzen. »... ach die ... könnte ich nicht, du etwa? ... arme Schweine ... selber schuld ... schnell weiter ...« Paul zog den Reißverschluss bis zum Kinn hoch, wenngleich das nicht nötig gewesen wäre, denn die Nacht war nicht kalt. Doch so fühlte er sich von der Außenwelt abgeschirmter, geschützter vor Belästigungen, auch Anfeindungen.

Als alle Geräusche verstummt waren, verfiel er in einen bleiernen Schlaf.

Als er zu früher Morgenstunde aufwachte, fuhr ihm der Schreck in die Glieder: Die Pistole war weg. Blitzschnell überlegte er: Wo hatte ich sie hingetan? In die Jackentasche, und die Jacke hatte ich neben der Kapuze deponiert, ganz dicht an meinem Kopf. Er wunderte sich, dass die Jacke so zusammengerollt lag, wie er sie am Abend zuvor zusammengerollt hatte, scheinbar wie unberührt, ja, geradezu unschuldig an derselben Stelle. Er richtete sich auf. Der Mann mit der Pudelmütze schlief, ein paar gebrabbelte Worte entfuhren seinem

Mund, dann schmatzte er, drehte sich auf die andere Seite, schlief weiter. Der war es nicht, das war Paul sofort klar. Wer so unschuldig schläft, der hat nicht vor wenigen Stunden dem Schlafnachbarn die Pistole gestohlen. Paul war drauf und dran, ihn zu wecken, ihn zu fragen, ob er etwas Verdächtiges bemerkt habe, jemanden gesehen habe, der sich an ihr Lager herangeschlichen hatte. Denn wer immer es auch war, derjenige konnte sich ihnen nur schleichend genähert haben. Doch er weckte ihn nicht. Was sollte das auch an der Tatsache ändern, und vor allem: Was schon hätte ausgerechnet er daran ändern können? Und mit offenen Karten spielen, ihm sagen, dass er eine Pistole vermisste? An nochmaliges Einschlafen war nun nicht mehr zu denken. Der Gedanke, dass nunmehr ein Unbekannter mit seiner Pistole durch Berlins Straßen zieht, die Waffe womöglich auch gebraucht, wozu auch immer, dieser Gedanke versetzte Paul in höchste Unruhe. Ich muss fort von hier, war sein nächster Gedanke. Hier kann ich auf keinen Fall bleiben. Geräuschlos schnürte er sein Bündel, warf einen Blick auf den schlafenden Nachbarn und begab sich hinaus in die erwachende Stadt.

16

Den ganzen Tag über irrte er kopflos durch die Straßen. Wo er sich gerade befand, erkannte er nicht, durch welchen Stadtteil er lief, interessierte ihn nicht, er hatte keinen Blick für die Dinge rechts und links, an denen er vorüberging. Ein paar Minuten ruhte er sich auf einer Bank in einer Seitenstraße aus und sah Mädchen zu, die auf dem Gehweg mit farbigen Kreidestiften wirre Bilder malten. Ein paar Jungen kickten mit einem Ball – kein wirklicher Fußball, eher ein Springball, den sie offenbar den Mädchen entwendet hatten. »Gib uns den Ball zurück!«, klangen die Mädchenstimmen zu ihm herüber. In den rachitischen Bäumen tschilpten Spatzen, ein Fenster gegenüber sprang auf, ein Mann klatschte in die Hände – Pistolenschüsse, mit denen er die Tauben verscheuchte, die sich auf den umliegenden Fenstersimsen niedergelassen hatten. Die Tauben flatterten auf und ließen sich auf den Simsen anderer angrenzender Häuser nieder. Auch euch will keiner haben, niemand kann euch gebrauchen, ihr stört nur, sinnierte Paul. Es war das erste Mal, dass ihn das heulende Elend packte. Hier konnte er nicht sitzen bleiben, das sah er ein.

Jemand hatte eine 1-Euro-Münze neben seine Isomatte gelegt, das bemerkte er erst, als dieser Jemand längst außerhalb seiner Sichtweite war. Er überlegte, ob er die Münze annehmen oder sie liegen lassen sollte. Ist es jetzt mit mir so weit, bin ich da angekommen, fragte er sich. Er steckte die Münze in die Hosentasche und setzte seine Odyssee fort.

Als der Abend hereinbrach, stand er wie von Geisterhand geführt wiederum an der Stelle, an der er die vorige Nacht verbracht hatte. Es war, als hätte ihn eine unsichtbare Hand dorthin geführt, wie es Delinquenten angeblich ergehen soll, die den Ort ihres Vergehens zwanghaft wieder aufsuchen müssen. Aber ein richtiges Vergehen lag doch bei ihm nicht vor. Ist es denn ein Vergehen, eine Pistole zu besitzen, fragte er sich.

Der Mann mit der Pudelmütze hatte sein Lager bereits aufgeschlagen. »Ich wusste, dass du wiederkommen wirst«, sagte er.

»Das kannst du nicht wissen«, reagierte Paul unwirsch.

Die Pudelmütze drehte sich auf die Seite und schwieg. Etwas ratlos stand Paul vor der Stelle, wo er zuletzt gelegen hatte, die Pudelmütze hatte sich so breit wie nur irgend möglich gemacht, jetzt stand der Kinderwagen in der Ecke, wo Paul seinen Kopf gebettet hatte, viel Platz für ein Lager war nicht geblieben, das sah Paul ein. Er überlegte, was zu tun sei. War der andere schon eingeschlafen? Ihn wecken und bitten, den Kinderwagen umzustellen? Wie würde er reagieren? Ihn davonjagen? Käme es womöglich zu einem Handgemenge? Doch schließlich – ist das nicht ein öffentlicher Raum, gilt hier nicht gleiches Recht für alle? Tausend Fragen und Zweifel jagten durch seinen Kopf. Irgendwo musste er sich doch niederlassen für diese Nacht. Mit dem Mut der Verzweiflung rüttelte er an der Schulter der Pudelmütze.

»Rühr mich nicht an!«, fuhr er ihn an. Er hatte noch nicht geschlafen, das erkannte Paul.

»Wenn du den Kinderwagen in die andere Ecke schiebst ...«

Der Mann reagierte zunächst nicht, tat, als hätte er Paul nicht verstanden. Dann, als hätte er sich besonnen, erhob er sich von seinem Lager und sagte: »Das musst du schon selber tun. Aber pass auf, das rechte Vorderrad sitzt nicht ganz fest. Und überhaupt, wenn du die Karre kaputt machst, gibt es Stunk!« Mit diesen Worten drehte er sich wieder auf die Seite und wandte Paul den Rücken zu.

Klopfenden Herzens bugsierte Paul den Kinderwagen von der einen Ecke in die andere.

»Wo kommst du überhaupt her?«, fragte der Pudelmützenmann unvermittelt, ohne sich umgedreht zu haben.

Paul wusste zunächst nicht, wo er ansetzen sollte. Vom Dorf, vom Lande, von jwd? »Kennst du nicht. Irgendwo im Mecklenburgischen. Ich heiße Paul.«

»Meckpomm, habe ich mir doch gleich gedacht. Die haben's dicke hinter den Ohren.«

Unwillkürlich fasste Paul nach seinem rechten Ohr. Warum sagt er, dass er sich das gleich gedacht hat?

»Wer mich kennt, nennt mich Schorsch. Und ich kenne so einige«, gab die Pudelmütze nach vielen Minuten des Schweigens von sich. »Und warum bist du hier und nicht in deinem Meckpomm?« Er hatte sich jetzt auf die andere Seite gedreht und blickte lauernd voll in Pauls Gesicht.

Paul überlegte. »Das ist eine lange Geschichte«, sagte er schließlich.

»Lange Geschichten hat jeder«, sagte Schorsch. Jetzt lag er auf dem Rücken.

Was bist du für ein Mensch, dachte Paul. Erst willst du mich loswerden und jetzt willst du wissen, wer ich bin. So ist das doch. »Meine Frau ist verschwunden«, platzte es aus ihm unversehens heraus.

»Einfach so, verschwunden?« Schorsch gluckste, kicherte, brach in schallendes Gelächter aus, kriegte sich vor Lachen nicht mehr ein, rang förmlich nach Luft. »Puh«, sagte er, wieder zu Atem gekommen. »So sind sie, die Weiber, haben ihren eigenen Kopp.«

Paul schwieg. Besser, ich halte den Mund, was versteht der schon. Sage ich was, gibt es nur Ärger. Ich will meine Ruhe haben, weiter nichts. Er begann, am rechten Vorderrad zu manipulieren, die Radhalterung blieb instabil.

»Da kann man nichts machen«, sagte Georg.

Was er wohl damit meint, versuchte Paul zu deuten. Hedwig? Das wacklige Rad? Er ließ das Rad Rad sein und schlug sein Lager auf. Um herauszubekommen, ob Georg nun doch eingeschlafen sei, fuhr er seine Ohren wie zwei Antennen in Richtung Georg aus. Es drängte ihn, von dem Abend zu erzählen, an dem Hedwig nicht nach Hause gekommen war. Doch womit beginnen?

»Sie blieb ganz einfach weg«, hob er an zu erzählen. »Kannst du dir das vorstellen?«

Georg reagierte nicht.

»Ohne Vorwarnung, wie vom Erdboden verschwunden. Aber von dieser Welt verschwindet kein Mensch so mir nichts, dir nichts. Wenn sie wenigstens einen Grund dafür gehabt hätte.«

»Es gibt immer einen Grund.«

»So? Dann sag mir doch mal deinen Grund. Man lässt doch den eigenen Ehemann nicht einfach so im Stich und man schmeißt eine leichte, gut bezahlte Arbeit nicht von heute auf morgen übern Haufen. Und überhaupt ...« Paul redete sich in Rage, ließ die vergangenen Ehejahre Revue passieren, schwelgte in verflossenem Liebesglück, verfing sich in Fantasiewelten, prahlte mit dem, was er alles für seine Hedi getan hatte, wie gut sie es doch immer gehabt hatten und vor allem, wie gut sie es bei ihm hatte. »Und jetzt?«, fragte er nach langem Redefluss mit weinerlicher Stimme. Statt einer Antwort vernahm er Georgs Schnarchtöne. »Ich Idiot«, murmelte er halblaut vor sich hin und schlüpfte in den Schlafsack.

17

Paul hatte es sich zur Gewohnheit gemacht, immer in den frühen Abendstunden zu Georgs Lager zurückzukehren. Nur nicht lästig werden, sagte er sich. Denn eigentlich habe ich es doch ganz gut getroffen. Wenn ich komme, hat Schorsch sich schon auf seiner Matte ausgestreckt, hat sein Süppchen gekocht und gegessen und ist, so scheint es, mit sich selbst zufrieden. Ein paar geknurrte Worte und die Nacht kann kommen. Ihn störten nur die Schuhe, die Georg ausgerechnet dort abstellte, wo Paul seinen Kopf hinlegen wollte. Außerdem rochen sie unangenehm, und überhaupt sollte er mal zum Duschen gehen, hätte er ihm am liebsten gesagt.

Neuerdings hatte Georg ein uraltes Transistorradio neben seinem Kopfende stehen. Wo hat er das nur aufgerissen, fragte sich Paul.

Manchmal, wenn er abends später als gewohnt nach Hause kam – und tatsächlich hatte er sich dabei ertappt, wie er sich selbst gegenüber diese Unterkunft nicht Platte, sondern Zuhause nannte –, lag Georg noch wach und hielt sein Ohr ganz dicht an den Lautsprecher, was aussah, als sei ihm das Radio ans Ohr gewachsen. Wenn Paul dann still in seinem Schlafsack lag, wehten zu ihm ein paar piepsige Laute herüber, die er keiner ihm vertrauten Musik zuordnen konnte. Schlager sind es nicht, so viel erkannte er. Pop oder Rock oder Metal war es auch nicht, da war er sich sicher, wenngleich er sich da nicht auskannte. Jazz? Überhaupt: Musik, das war eher etwas für seinen Bruder, der meinte, davon einiges zu verstehen. »Unsere Kunden sind ja so hilflos, besonders wenn es um die Musik geht. Musik wollen sie alle haben, jedenfalls die meisten. Da kommt es auf die richtige Wahl an.« Schubert sei sehr beliebt. Und nach Schubert kämen gleich die Beatles. »Eigenartig, findest du nicht auch?« Fand Paul nicht, denn er konnte mit Schubert nichts anfangen.

Ich werde Schorsch fragen, nahm er sich vor. Morgen frage ich ihn, heute nicht mehr. Nur keinen lauschenden Löwen wecken.

Früh, nach dem Erwachen, schwieg das Radio. Ein paar flotte Töne am Morgen könnten ja nicht schaden, dachte Paul. Doch nein, Georg dachte gar nicht daran, den Einschaltknopf zu drücken. Paul beobachtete, wie er den Apparat im Kinderwagen ablegte und mit einem Tuch verdeckte.

Pauls Neugier kannte nun keine Zurückhaltung mehr. »Was hörst du da eigentlich?«

»Musik«, gab Georg kurz und knapp zur Antwort. Eine nähere Ausführung schien er für überflüssig zu halten.

Doch Paul gab nicht auf. »Ja, schon, und was, ich meine, was für eine Musik?«

Georg winkte ab, eine Geste, die sagen wollte: Was geht dich das an. »Der Transistor ist für dich tabu, ein für alle Male, nur dass das klar ist.«

Paul nickte.

»Ich gehe gleich auf Tour, der Vormittag ist meine Zeit.«

Paul war bis jetzt nicht dahinter gekommen, worin Georgs Tour bestand. Tour, das kann doch nur was Schräges ein, manchmal hatte er ihn im Stillen im Verdacht, er mache auf Drogen. Dass er keinen Stoff nahm, da war er sich sicher. Aber damit Handel treiben, das traute er ihm im Stillen schon zu. Etwas unheimlich wurde ihm bei dem Gedanken daran. Werden Händler nicht manchmal auch zu Opfern? Nicht auszudenken, wenn nachts hier mal Forderer auftauchen sollten. Drohungen, Schlägerei, womöglich Messerstecherei – alles, nur das nicht!

Weil Paul nicht fragte und weil Georg ihm nichts über sich erzählte, konnte er auch nicht wissen, dass Georg sich in den ersten Stunden kurz nach dem Öffnen in einer großen öffentlichen Bücherei aufhielt. Er war dort geduldeter Dauerbesucher. Einmal hatte die Bibliothekarin ihn mit hochgehaltener Nase aus einiger Distanz angesprochen. Sie hatte ihn darauf hingewiesen, dass selbst für eine öffentliche Bücherei Kosten entstünden und dass er sich doch bitte schön als Leser eintragen müsse, mit Namen, Anschrift, Telefon. Nach vielem Hin und Her über Adresse und Zahlbarkeit der Leserkarte hatten sie sich darauf geeinigt, dass er sich in der hinteren Ecke niederlassen durfte und aus dem Bestand das entnehmen konnte, was er benötigte. »Für meine Recherchen«, hatte er sein Hiersein begründet. Die

Bücherfrau verzog ihr Gesicht, ließ ihn aber gewähren. »Sie stellen dann alles wieder an seinen vorherigen Platz, Mitnehmen geht nicht«, hatte sie ihn ermahnt. Georg hielt sich an diese Vereinbarung. Manchmal, so hatte sie es beobachtet, zückte der Mann, der ihr angeboten hatte, ihn Schorsch zu nennen, ein schmales Heft aus seiner Jackentasche und machte sich aus den Büchern, die er um sich drapiert hatte, Notizen. Sie konnte ob solchen Tuns nur verständnislos den Kopf schütteln. Einmal – es mochte zwei, drei Wochen her sein – hatte er einen Strauß langstieliger Rosen auf ihren Arbeitstisch gelegt; zwei, drei Blüten waren auf ihren Stängeln bereits bedenklich eingenickt. In ihrer Verlegenheit wusste sie nicht, wie sie reagieren sollte. »Ich werde nach einer Vase sehen«, sagte sie. Und dann schob sie die Allerweltsfloskel nach: »Das war doch nicht nötig.«

Georg schlich in seine Ecke und vertiefte sich in seine Bücher.

Nach zwei, drei Stunden des Hin-und-Her-Blätterns und Notaten in das Quartheft klappte er die Bücher zusammen und trug sie an ihren angestammten Platz zurück. An der Tür hob er zum Abschied leicht die Hand in Richtung Bibliothekarin, sie schenkte ihm ein verquältes Lächeln.

Der Gedanke an die Frau aus der Bibliothek begleitete ihn auf dem Weg zurück zu seinem Lager. Dass ich mich nur nicht verrenne, ermahnte er sich. Mein Leben rinnt vorüber, der Faden wird immer brüchiger, die ungelebten Tage sind wie eine klebrige Masse, durch die ich wate, in der ich eines Tages stecken bleiben werde.

Ich bin die Fliege am Fliegenleim. Die Kraft, mich aus dieser klebrigen Masse zu erheben, schwindet von Tag zu Tag. Allein der Überlebenswillen ist das dünne Eis, auf dem ich schlittere. Auch dieser Wille ist so brüchig geworden, droht bei Erschütterungen in tausend Teile zu zerspringen. Was ist ein Lächeln? Ein Signal, eine freundliche Geste ist es, mehr nicht. Jede Geste, die keine Zurückweisung sendet, ist uns Plattenbrüdern Balsam, mit dem wir unsere Wunden salben. Ja doch, so tief bin ich abgerutscht, sammle Nettigkeiten wie andere edles Porzellan, seltene Stücke mit hohem Preis. Paul? Er ist mir zugeflogen, ein verirrter Vogel. Eine diebische Elster. Und ich? Wie lange noch schlage ich mich weiter durch, wenn die letzten goldenen Manschettenknöpfe in der Pfandleihe gelandet sein werden? »Manschetten-knöpfe«, höre ich den Verleiher fragen. »Wer trägt denn so etwas heute noch?« Und dann legt er die Knöpfe auf die Waage, runzelt die Stirn und bietet mir einen Ver-leihpreis an, der nicht ihm, sondern mir die Schamesröte ins Gesicht treibt.

So haben sich die Seiten verkehrt: Scham und Schande aufseiten des Habenichts. Wann ist der Tief-punkt erreicht? Die ständig wiederkehrende Frage. Of-fenbar geht es immer noch tiefer, der Abgrund ist bo-denlos. Kann es einen Sinn ergeben, die Bodenlosigkeit auszuloten?

Er warf einen Blick auf das protzige Kaufhaus und stellte sich vor, wie Paul dort in diesem Augenblick sei-ner Tätigkeit nachging. Kopfschüttelnd überquerte er die Fahrbahn und vergewisserte sich auf der anderen

Straßenseite, ob er das Quartheft nicht in der Bibliothek liegen gelassen habe.

Wider alle Ermahnungen hatte Paul nicht an sich halten können, es zog ihn zum Kinderwagen, vor allem aber zum Radio. Unter der Abdeckung offenbarte sich ein Sammelsurium aus Wäscheteilen, zwei Uralt-Mobiltelefonen, Kerzen, mehreren funktionslosen Feuerzeugen, einigen Musikkassetten, selbst ein Fernglas entdeckte Paul. Wozu braucht Schorsch ein Fernglas? Paul schüttelte verständnislos den Kopf. Zuunterst lag das Radio. Paul drehte und wendete es hin und her, dann drückte er den Einschaltknopf. So wie Schorsch hielt nunmehr auch er sein Ohr ganz dicht an den kleinen Lautsprecher. Fade, war sein Urteil. Er begann, an der Sendereinstellung zu drehen, und stieß auf einen Sender mit flotten Rhythmen und viel Reklame. Die Reklame störte ihn nicht, im Gegenteil, die Werbesprüche erheiterten ihn, versetzten ihn zurück in die Welt, die er vor undenklich langer Zeit verlassen hatte, so jedenfalls empfand er es.

Mit dem Lautsprecher am Ohr lief er vor der Schlafstätte auf und ab, lächelte der Welt zu, sein Körper vollführte tänzelnde Bewegungen, das Kopfschütteln der Vorübereilenden irritierte ihn nicht. Für ein paar Minuten entschwand sein Geist in eine Welt der Glückseligkeit.

Schorschs Erscheinen war ihm wie ein Schlag in die Magengrube. Kaum war er um die Ecke gebogen, eilte Paul

120

hektisch zurück zum Kinderwagen, verbrachte mehr schlecht als recht das Radio an seinen ursprünglichen Ort, verkroch sich in seinen Schlafsack und stellte sich schlafend.

»Verschwinde!«, sagte Georg, nicht schroff, doch sehr entschlossen.

Paul öffnete seine Augen einen Spaltbreit. Er suchte nach Worten, nach einer Erklärung, doch sein Kopf war leer. Ergeben erhob sich von seinem Lager und begann, langsam den Schlafsack einzurollen. Er überlegte, ob er Schorsch sein Klappmesser überlassen sollte, gewissermaßen als Entschädigung, doch er besann sich: Ist nicht schon die Pistole weg? Und jetzt auch noch das Messer? Er beließ das Messer in seiner Jackentasche. Bei der Isomatte wollte der Gurt seinen Dienst nicht tun, der Steckverschluss hatte seinen Geist aufgegeben. Voller Ungeduld und Wut schleuderte er die Matte in Richtung Schorsch. »Kannst du behalten!«

Schorsch reagierte nicht. Er hockte auf dem blanken Boden und hielt beide Hände gegen seinen Leib gepresst. Offenbar rang er nach Atem. Er verharrte einige Sekunden in dieser Stellung, dann streckte er sich auf seine Pappe aus, nicht ohne seine Rechte von der schmerzenden Stelle wegzunehmen. Sein Atem lief jetzt ruhiger, die Hand glitt herab, er schloss die Augen, was für Paul bedeutete, er möge ihn in Ruhe lassen. Doch Paul war alarmiert. Er faltete die Matte zu einem Würfel zusammen und ließ sich darauf nieder.

»Was ist?«, fragte er.

Georg schwieg.

Er war früher als üblich zurückgekehrt, das muss doch einen Grund haben. Hat er sich wieder irgendeinen Schweinkram reingestopft, schüttelte Paul verständnislos den Kopf. Er und seine Küchenabfälle von Königs Gourmetrestaurant. Gourmet, das muss es bei ihm sein, wenn schon Reste, dann vom Feinsten. Und jetzt rebelliert sein Magen auf hohem Niveau, wenn er nur nicht seine Ecke hier vollkotzt. Hat er Fieber?

Georg versuchte, sich auf die linke Seite zu drehen. Als Paul sich ihm nähern wollte, warf er ihm einen Blick zu, den er nicht zu deuten verstand. Wut? Schmerz? Alles Elend seiner Welt, fokussiert in diesen verdunkelten Augen?

»In der Vortasche vom Rucksack sind Tabletten, Ibuflam. Ich brauche zwei Stück und die Wasserflasche.«

Schorsch schluckte die Tabletten und schüttete Wasser hinterher. Ein Teil des Wassers floss sein Kinn hinunter, er verschluckte sich, hustete. Das Husten bereitete ihm neue Pein, er legte die Hand auf die schmerzende Stelle und fiel nach ein, zwei Minuten wieder der Länge nach auf seine Liegestatt. Paul hatte ihn keine Sekunde lang aus den Augen gelassen. Was kann ich tun, was sollte ich tun, was muss ich tun? Er braucht ärztliche Hilfe. Rotes Kreuz? Krankenhaus? Notarzt? Doch wie gelange ich zu einem Arzt, und überhaupt, welcher Arzt fände sich bereit, hierher in diese Schmuddelecke zu kommen? Notruf – 110 oder 112?

Als hätte Schorsch seine Gedanken erraten, sagte er sehr bestimmt: »Ich brauche keine Hilfe. Und überhaupt, lass mich in Ruhe und rühr nie wieder das Radio an! Nie wieder! Ist das klar?« Er zog seinen Kopf in die Kapuze ein und drehte Paul den Rücken zu.

18

Eines Tages platzte Paul mit der Frage heraus: »Was treibst du den lieben langen Tag? Ich gehe in die Stadt, mache meine Besorgungen. Und du, was machst du? Du verschwindest am Morgen und am Abend bist du wieder da, kochst dein Süppchen, legst dich hin. Und am nächsten Tag die gleiche Leier. Außerdem schnarchst du wie ein Bär.«

Georg ließ sich mit einer Erwiderung Zeit. Nach langen Minuten versunkenen Lauschens in den Transistor schaltete er das Gerät ab und hockte sich neben den Kinderwagen.

»Was geht dich das an«, gab er mürrisch zur Antwort. »Ich mache mein Ding, du machst dein Ding. Was mich hier über Wasser hält, sind das Heft und der Stift. Ein gut gespitzter Bleistift ist mein liebster Begleiter. Computer, mit dem alle heutzutage schreiben? Wo siehst du hier einen Computer? Dieses elektronische Zeug kann mir gestohlen bleiben. Früher, da hatte ich mal einen, so ein schickes Gerät. Heute überschlagen sich die Modelle, und immer noch ein paar Bytes draufgepackt, der Laden muss ja laufen. Früher, ach ja, wann war das? Auch ein Büro hatte ich, so richtig mit Namensschild an der Tür. Meyerbrink. Kein Mensch nennt mich heute noch so. Achtzehn war meine Türnummer, das weiß ich noch, so etwas vergisst man nicht, das sitzt hier oben fest wie eingeschraubt. Achtzehn, die Zahl, wo das Mannesalter beginnt. Mannesalter, dass ich nicht lache. Bei mir wurde angeklopft, wer das nicht tat, der flog auf der Stelle raus. Und alles immer mit ›bitte‹ und ›danke‹ und ›wenn Sie so freundlich wären‹.« Georg unterbrach seinen Redefluss. Er kicherte, dann lachte er lauthals, er musste sich die Seiten halten. »Verrückt«, fuhr er fort. »Wer sagt heute noch zu mir ›wenn Sie so freundlich wären‹? ›Wenn Sie so freundlich wären, Ihre Scheißklamotten zu packen, und sich, bitte sehr, eine andere Schlafstelle suchen möchten.‹ Stell dir vor, so redete jemand mit dir. Wie kämst du dir dann vor, na? Siehst du, weißt du auch nicht. ›Verpiss dich!‹ Das ist noch die mildeste Variante. Aber daran gewöhnt man sich, nach ein paar Tagen tut das nicht mehr weh, juckt vielleicht noch ein bisschen. Man kratzt sich, und weg ist es. Das alles steht hier in diesem Heft, das alles hat mein lieber Stift, mein Freund und Helfer, festgehalten. Und stell dir vor, was mir eines Tages passiert ist. Blieb doch ein Mann vor meiner Platte stehen, so ein feiner Pinkel. Ich schrieb gerade in mein Heft, es war helllichter Tag, es war sonnig. Bei Regen bleibt niemand stehen, da haben sie es alle eilig. Na ja, ist ja auch egal. Jedenfalls, dieser Pinkel, übrigens mit Brille und Gel im Haar, so etwas bleibt im Kopf hängen, also dieser Pinkel fragt so mir nichts, dir nichts: ›Was schreiben Sie denn da? Ich habe Sie schon öfter beobachtet, wenn ich in der Mittagspause hier vorbeigehe.‹ Du Lackaffe, das war mein erster Gedanke. Was geht dich das an? Doch mein Gedanke hat ihn nicht fortgescheucht, er blieb ganz einfach stehen und reckte seinen Bürohengsthals. ›Darf ich mal?‹, womit er meinte, ob er mal seine Nase in mein Geschreibsel reinstecken darf. Nach einigem ›Hm, hm‹ und ›Soso‹ reichte er mir das Heft zurück. ›Nicht übel‹, urteilte er, und dann nannte er mir seinen Namen, den ich sofort wieder vergessen habe. Aber halt, irgendwo muss seine Visitenkarte liegen. Redakteur Sowieso, Verlag, E-Mail-Adresse. Wo ist denn bloß diese vermaledeite Karte geblieben?« Er begann, im Kinderwagen herumzuwühlen, kehrte das Oberste zuunterst, stieß unflätige Schimpfworte aus, fand nicht das, was er suchte. »Ich muss hier mal Ordnung schaffen«, resignierte er. »Heiligmann-Verlag, daran erinnere ich mich. Was daran heilig sein soll. ›Das ist doch mal ein frisches Sujet. Diese Sicht auf die Welt!‹, hat er noch gesagt. ›Schreiben Sie nur weiter, nur nicht bei den Anfängen stehen bleiben. Daraus ließe sich was machen, ich werde die Redaktion darauf ansetzen. Sie müssen mir dann nur einmal Ihre Aufzeichnungen überlassen. Jetzt wissen Sie ja, dass ich hin und wieder bei Ihnen vorbeikomme.‹«

»Und, kommt er vorbei?«, wollte Paul wissen.

»Nicht mal hin und wieder. Bis jetzt jedenfalls nicht. Muss wohl einer von diesen vielen Spinnern gewesen sein. Weg ist weg. Frau, Kinder, Haus, der heilige Mann – alles futsch.«

Das Haus, das Georg Meyerbrink sich bauen lassen wollte, sollte das Häuschen im Grünen werden. »Häuschen«, so nannte er es verniedlichend. Das Grüne lag zehn Kilometer vom Ortskern entfernt. Unterm Strich fiel das Haus üppiger aus als vorhergesehen. Jedes der drei Kinder sollte sein eigenes Zimmer haben, und natürlich auch großes Wohnzimmer, Schlafzimmer für die Eltern, Arbeitszimmer, Gästezimmer und ein so genannter Hobbyraum, wobei er sich noch nicht im Klaren darüber war, welches Hobby dort gepflegt werden sollte. Nicht zu vergessen die Küche im Landhausstil. Das hierzu passende Grundstück am Stadtrand hatte ihm Möbius abgetreten. »Ein Vermögen!«, ächzte Georg, als er Möbius' Forderung hörte. »Schorsch, du musst ja nicht«, hielt Möbius dagegen. Georg biss in den sauren Geldapfel, und bald rückten die Bauleute an. Seine Frau stattete in Gedanken den Garten aus. »Mit viel Gebüsch!«, schwärmte sie. »Damit die Kinder Verstecken spielen können.«

Ein Vermögen ging nicht allein für das üppige Grundstück drauf, die Finanzierung des Hausbaus mit allen Finessen bereitete Georg zunehmend Bauchschmerzen. Sein Vater stellte sich quer. »Hätte es nicht eine Nummer kleiner sein können?«, argumentierte er. »Im Notfall können wir über einen Zuschuss reden, aber einen Notfall sehe ich hier nicht.« Für mehr Kredit verlangte die Bank mehr Garantien. *Bürgschaft* lautete das Reizwort. Aber das wollte Georg auf gar keinen Fall. Wer sollte hier bürgen? Sein Vater? Sein eigener Herr sein auf eigenem Grund und Boden, das war sein Ziel. Haben nicht auch andere es geschafft? Er versuchte, seine Frau Gabriele aus seinen Bedrängnissen herauszuhalten, soweit es ging. Liebte er sie denn nicht, war sie denn nicht die Mutter seiner drei Kinder? Doch Gabrieles sechster Sinn ließ sich nicht überlisten. Erste Anzeichen einer Veränderung sah sie in seiner zunehmenden Zappeligkeit. Er konnte die Beine nicht mehr still halten. Schlug er sie übereinander, wippte das übergeschlagene Bein ohne Unterlass in immer heftiger werdenden Ausschlägen. Bis sie eines Tages enerviert reagierte: »Kannst du das nicht mal abstellen!« Er stellte es ab, er verkrampfte, er lief aus dem Zimmer, er griff zur Kognakflasche, er nahm einen kräftigen Schluck und setzte sich wieder ihr gegenüber. Seine Beine hatten sich beruhigt.

Anderentags sagte sie: »Ich mache mir Sorgen.«

»Sorgen? Wieso Sorgen?«, reagierte Georg.

»Es ist das Haus. Ist es nicht so? Die wacklige Finanzierung. Denke nicht, ich hätte das nicht erkannt. Soll ich jetzt die verständnisvolle Ehefrau spielen? Das wird schon, das kriegen wir schon hin, andere mit viel weniger Einkommen packen das auch – wie lange kann man damit leben? Auch ich habe nur Nerven. Alles ist überschattet von dem Gedanken, wie du an das nötige Geld herankommst. Du wirfst schon nicht mal mehr einen

Blick in den Spiegel, wenn du morgens zur Firma fährst. Glaub mir, die dort sind die Ersten, die dich skeptisch beäugeln. Geschäftsführer hin, Geschäftsführer her. Du gerätst in einen Teufelskreis.«

Georg erhob sich, schloss geräuschlos die Zimmertür hinter sich, trat hinaus auf die Straße. Den Kopf auslüften, Luft holen, durchatmen! Frei sein. Doch frei wovon? Aus seiner Haut schlüpfen kann man nicht. Hat sie nicht recht mit dem Teufelskreis? Bin ich nicht schon mittendrin in diesem Kreis? Geld, Geld, Geld, das verfluchte Geld! Alles hinschmeißen – das war, wenn nicht sein erster, dann aber sein zweiter Gedanke. Die Familie? Was ist sie wert, wenn man von der eigenen Frau mit Vorhaltungen überschüttet wird? Was sie aus dem Nachlass ihrer Eltern auf der hohen Kante hat, das hütet sie wie ein rohes Ei. Wo ist er hin, der Traum von der sorgenfreien Traulichkeit? Der Teufelskreis gerierte sich zur Schlinge am Hals. Beim Gedanken an die Schlinge fasste er reflexartig mit beiden Händen an seinen Hals, übte mit den Daumen Druck auf die Schlagadern aus, drückte fester, stellte sich vor, er brächte es fertig, sich auf diese Weise aus dem Leben zu bringen. Schlagartig fiel diese Vorstellung von ihm ab. Absurd, befand er. Auf welche Wege bin ich geraten? Sie hat recht, ich muss mich zusammenreißen, es darf nicht darauf hinauslaufen, dass ich beginne, in jeden Seitenblick eines Kollegen Misstrauen hineinzudeuten. O ja, sie hat recht. Recht, recht, recht. Recht, mit dem alles ins rechte Licht gerückt wird. Doch Recht ist auch die Knute, die erbarmungslos zuschlägt.

So irrte er durch die Straßen, ziellos, ein Schnellgeher, der keine Augen hatte für das Geschehen vor ihm, neben ihm. Er geriet in eine Straße mit bröckelnden Fassaden, muffigen Kneipen, zwielichtigen Etablissements, vor deren Eingängen sich clownhaft aufgedonnerte Frauen positioniert hatten, die ihm lockende Angebote hinterherriefen. Er erkannte, wo er sich befand, und er sagte sich: Ich muss mir einen Ruck geben, nur weg von hier, das ist doch nicht meine Welt. Er verlangsamte seinen Schritt, orientierte sich an den Straßenschildern, und nach zwei-, dreihundert Metern befand er sich in der Welt, von der er meinte, diese sei die seinige. Flanierende Passanten, blitzende Schaufenster mit hochpreisigen Auslagen, Cafés, die ihren verführerischen Duft in die Außenwelt hinausbliesen. Alle Bekümmernisse, alle trüben Gedanken waren urplötzlich verflogen. Den Zangengriff um seinen Hals fand er einfach lachhaft.

Das war ich nicht und das bin ich nicht und das werde ich nie sein. Es gibt für alles eine Lösung, wo ein Irrweg ist, ist auch ein Ausweg. Er überlegte weiter: Nicht immer führt der gerade Weg zum Ausgang.

Wer das gesagt, wer das geschrieben hatte, fiel ihm nicht ein, und letztendlich war ihm das auch egal, doch ein Körnchen Wahrheit steckte in diesem Satz, das sah er ein.

Ein neuer, befremdlicher Gedanke hatte plötzlich in seinen Kopf Eingang gefunden. Eine aufreizende Idee, die man zumindest einmal durchdenken konnte, ein Spiel, mehr nicht. Das Geld liegt auf der Straße, dass er nicht längst darauf gekommen war. In den Umläufen der Firmenfinanzen gibt es nur noch zwei, drei Personen, die halbwegs durchblicken, eine davon bin ich. Der Gorski ist froh, wenn er damit unbehelligt gelassen wird, das stört nur seine privaten Kreise, seine Frauengeschichten, von denen er meint, keiner merkt etwas. Da irrst du aber gewaltig, mein lieber Gorski. Und der Albrecht? Das ist so ein ganz Korrekter. Rechnet vor, rechnet nach und zurück, studiert die Auszüge, pickt Übertragungsfehler heraus wie die Rosinen aus dem Kuchen. Doch er verzettelt sich auch. »Manchmal macht mich das ganz konfus«, hat er mal bekannt. Eine Äußerung, die an sich schon ein Fehler ist. Wer leitet, darf nicht konfus sein. Doch gesagt ist gesagt. Seitdem wurde ihm doppelt auf die Kontrollfinger geschaut, was ihn nur noch konfuser machte. Wenn ich also sagen wir mal so Hunderttausend verschiebe, mehr nicht, nur so viel, um vor den Gläubigern einmal durchatmen zu können, wirklich nur ein einziges Mal, eine Nothandlung sozusagen, das fällt zunächst einmal gar nicht auf. Auf jeden Fall wird die Summe zurücküberwiesen, später, auf Heller und Pfennig. Und wenn dann jemand was sagen sollte? Ein Buchungsfehler, wie peinlich. Ist das nicht jedem schon mal passiert?

Doch es fiel auf. Trotz aller ihm nachgesagten Konfusion kam Albrecht ihm auf die Schliche. Und Albrecht hatte nichts Eiligeres zu tun, als nach Gerechtigkeit und Rache zu rufen. Georg sah sich außerstande, solch eine Summe zurückzuzahlen, seine Frau beharrte auf ihrem Standpunkt, dass ihr Erbe nicht angerührt werde. Das Wort »Scheidung« stand allerdings nicht im Raum.

Die Unterschlagung brachte Georg neben dem fristlosen Rausschmiss aus der Firma zwei Jahre Aufenthalt in einer Justizvollzugsanstalt, danach zwei Jahre Bewährung und einen Eintrag in das polizeiliche Führungszeugnis ein.

Nie und nimmer hatte er geahnt, wie rasch solch eine Haftzeit verfliegen konnte. Der karge und streng geregelte Tagesablauf kam ihm in gewisser Weise entgegen. Das Essen war nicht üppig, doch es reichte zum Sattwerden. Die Zelle war beheizbar, das Gitter vor dem Fenster regte sogar seine Fantasie an. Seitenweise kritzelte er mit dem Bleistift Skizzen aufs Papier: Schattenrisse, die die Stäbe an die Wand warfen, Sonnenflecken, die mal quadratisch, mal rechteckig ausfielen, von Pfeilen durchbohrte Wolkengebilde, schemenhafte Nebelgitter, der Mond trug einen bewehrten Gesichtsschutz. Aus den zahlreichen Konstellationen gingen Zeichnungen hervor, die er minutenlang kritisch beäugte, nachbesserte, verwarf, neu inszenierte.

Eines Tages hatte sich seine Frau zur Besuchszeit angemeldet. Er wusste nicht, ob er sich darüber freuen sollte. Wenige Wochen Isolation hatten genügt, aus der Entfremdung eine Befremdung erwachsen zu lassen. Ein wenig fürchtete er sich sogar vor der Stunde, da sie ihm gegenübersitzen würde. Was sollten sie miteinander bereden? War nicht alles gesagt, war nicht alles getan? Er würde nach den Kindern fragen, und diese Frage wird schmerzen. Doch eigenartig, stellte er fest, auch die Kinder sind mir entrückt. Und überhaupt: Wie werden sie reagiert haben auf die bohrenden Fragen der

Nachbarn, der Schulfreunde, der Onkel und Tanten? Sagt ein Kind frank und frei aus sich heraus: Mein Vater ist im Gefängnis? Gabriele hatte es eilig. Sie habe sich mit der Zeit vertan, gab sie vor. Eigentlich müsste sie in einer halben Stunde einen Termin in der Stadt wahrnehmen, wie sie das nur schaffen solle. Georg hatte verstanden. Er fragte nicht nach ihrem Befinden, auch sie fragte ihn nicht. Es schien ausgemacht, dass es jedem »den Umständen entsprechend« geht. Ihm fiel lediglich auf, dass sie molliger geworden war. Viel Sofa, viel Fernsehen, viele Knabbereien, schloss er. Sie hat sich nicht nur emotional von mir entfremdet, es wird mir somit leichterfallen, einen Schlussstrich unter unser Zusammenleben zu ziehen. Jetzt gab auch er vor, noch einen Termin zu haben. Welcher das denn sein sollte, fragte Gabriele nicht, sie dachte nur: Hier, im Gefängnis, ein Termin? Den Kindern gehe es übrigens gut, sagte sie und ersparte ihm dadurch seine Frage nach deren Ergehen. Als sie glaubte, dass sein Blick sich in der Gegend ihres Busens verfangen hatte, zurrte sie ihre Jacke straff über ihrer Brust zusammen. Sie hat den Vorhang zugezogen, so verstand Georg diese Geste. Das Spiel ist aus.

Nach seiner Entlassung auf Bewährung widmete er sich mehr und mehr seinen Aufzeichnungen. Ich muss gar nicht hinausgehen in die weite Welt, das Leben spielt sich hier vor meiner Nase ab, stellte er fest: Frauen stöckeln vorbei, signalisieren ihr Nahen mit aufreizendem Klick-Klack, nicht immer ist der Hüftschwung geglückt, andere watscheln wie betagte Enten in engen Leggings und ausgetretenen Schuhen an mir vorbei. Alte Männer schlurfen vorüber, haben keinen Blick mehr für High Heels oder Schenkel in zu eng geschnittenem Tuch. Und dann die jungen Kerle in knappen Jeans und angetan mit Schuhen, die in allen Regenbogenfarben daherkommen. Am liebsten waren ihm die Kinder, und zuallerlerst solche, die sich einen Kehricht um die Erziehungsversuche ihrer Eltern scherten. »… lass das, das darfst du nicht … pass doch auf … wie oft habe ich dir schon gesagt …« Sie kicken mit jeder leeren Bierdose, jagen jeder Taube nach, patschen durch jede Pfütze, positionieren sich mit unverhohlener Neugier vor meinem Lager und zwinkern mir zu. Auch ist unschwer zu erkennen, wer in welcher Mission unterwegs ist. Die Stöckelschuhfrauen? Je höher der Stöckel, desto klarer ihre Signale. Die Kinder haben keine Mission.

Vor drei Monaten, als er das Gefängnis verlassen hatte, füllten ein paar Wäschestücke, zwei Zahnbürsten, ein kleiner Plüschesel und zwei vollgeschriebene Quarthefte seinen Rucksack. Ob er denn die Zeichnungen nicht mitnehmen möchte, wurde er gefragt. »Macht doch damit, was ihr wollt«, hatte er mürrisch geantwortet. Als er dann den Bus in die Stadt bestieg, konnte er nicht sagen, dass er sich jetzt freier fühlte. Den Weg zu seinem alten Zuhause schlug er nicht ein. Aus Angst vor der Konfrontation mit der zurückweisenden Frau, mit den entfremdeten Kindern? Er verließ den Bus irgendwo, setzte sich auf die wacklige Bank des Wartehäuschens und betrachtete die aufreizenden und obszönen Bemalungen. Wohin, grübelte er. Denen vom Knast hatte er gesagt, es sei für alles gesorgt, er werde erwartet. Doch jetzt? Er könne sich jederzeit an eine Betreuungsstelle wenden, wollten sie ihm mit auf den Weg geben. Niemand werde allein gelassen, der Weg ins freie Leben sei nicht immer leicht. Doch da er ja von seiner Familie erwartet werde … Sprüche – damit hatte er alle wohlmeinenden Worte in den Wind geschlagen. In diesem Wartehäuschen bekam er eine erste leise Ahnung davon, wie rau der Wind sein würde. Ich stehe das durch, redete er sich zu. Nur wie? Davon hatte er nicht die geringste Vorstellung. Und je mehr er darüber nachgrübelte, desto heftiger spürte er die Leere in seinem Kopf.

»Du sitzt da und schweigst, bist stumm wie ein Fisch. Du siehst nichts und hörst nichts und kritzelst das Heft voll.«

»Lass mich doch in Frieden. Vielleicht sehe und höre ich mehr, als du ahnst. Geplapper gibt es so und so mehr als genug.«

»Und – was siehst du, was hörst du, was ich nicht sehe und ich nicht höre?«

Georg klappte das Heft zu und legte es beiseite. Er zündete sich eine Zigarette an, verzog nach dem ersten Zug angewidert das Gesicht. »Schlimmes Zeug«, sagte er. »Diese Billigzigaretten, da sind mir die Selbstgedrehten doch die liebsten.« Er nahm einen kräftigen Lungenzug, er hüstelte. Dem Hüsteln folgte ein hartes Husten, er fasste an die schmerzende Leistengegend.

»Lass das!«, raunzte er Paul an, der drauf und dran war, im Kinderwagen nach Georgs Tabletten zu kramen. »Letzte Warnung: Die Karre ist für dich tabu!« Er drückte die Zigarette mit der Schuhspitze aus, der Hustenanfall zog sich zurück, er fiel auf sein Lager, auch die Schmerzattacke hatte sich verzogen.

»Was ich sehe, sehe ich mit *meinen* Augen. Mit deinen? Das geht doch gar nicht. Hier geht jeden Morgen eine junge Frau mit ihrer kleinen Tochter an uns vorbei. Tut so, als sehe sie mich gar nicht, doch sie sieht mich.

Woran erkenne ich das? Wenn sie auf unserer Höhe ist, zieht sie wie verängstigt ihr Kind ganz dicht an sich heran, beschleunigt ihren Schritt. Sie wird wohl das Kind in den Kindergarten bringen und anschließend zu ihrer Arbeit gehen. Eigenartigerweise kommt sie nur am Morgen hier vorbei. Welchen Weg mag sie nehmen, wenn sie das Kind vom Kindergarten abholt? Sie ist immer ganz schick gekleidet. Am besten gefällt sie mir, wenn sie einen Rock trägt und wenn der Rocksaum ihre Waden umspielt. Vielleicht denkst du, ich bin ein oller geiler Bock. Doch so ist das nicht. Solche Anblicke machen das Leben schön, und warum nicht auch meines? Ich will nichts von ihr und sie von mir schon gar nicht. Doch wenn sie nicht mehr hier vorbeikäme, fehlte mir etwas, wenn du verstehst, was ich meine. Einmal, wirklich ein einziges Mal nur, hat sie mir ein Lächeln herübergeschickt, ein ganz knappes, mehr eine Andeutung. Ich weiß nicht einmal, ob wohlwollend, ob abschätzig, doch das war mir egal. Weißt du, was sentimental ist? Na, dann weißt du es jetzt. Auch ich habe gelächelt, aber erst, als sie vorüber war. Dummes Zeug, das alles. Oder diese Alte, der eigentlich ein Rollator guttäte. Die ist immer aufgedonnert wie sonst was und schwenkt ihr Täschchen, als ginge sie auf den Strich. Aber dieser Gedanke ist natürlich lächerlich. Vielleicht hat sie früher mal angeschafft? Das sind so meine Überlegungen. Irgendwie ganz abstreifen kann auch sie ihre Vergangenheit nicht. Trippelt vorüber mit verrutschter Koketterie, bleibt stehen, blickt sich um wie auf der Suche nach einem Halt. Jetzt müsste der Rollator her. Aber nein, das täte ihrer Takelage Abbruch. Doch was schwätze ich, vielleicht liegt das alles auch ganz anders. Das ganze Leben ist eine einzige Interpretation.«

Interpretation, wieder typisch Schorsch, dachte Paul. Wichtigtuer. Und dann sagte er: »Bist wohl so ein Klassiker?«

Georg stutzte, schien zu überlegen, ehe er antwortete. »Klassiker? Kann man so sagen, vielleicht.«

Er erhob sich, schlurfte um die Ecke und verschwand im Gebüsch. Wieder auf seinem Lager sagte er: »Ein anständiges Klo ist das, was ich am heftigsten vermisse. Unser Luxus hier ist ein Baustellenklo – wenn du mal eines in der Nähe hast. Sind wir nicht jetzt an dem Punkt, wo sich der Mensch vom Tier unterscheidet? Oder kennst du ein Tier, das eine Toilette hat? Nicht einmal ein Plumpsklo. Die lassen es einfach dort fallen, wo sie gerade gehen und stehen. Denkst du etwa, der Hund schämt sich, wenn er auf den Gehweg scheißt? Sein Herrchen geniert sich, wenn es den Haufen einsammelt, noch mehr geniert sich sein Frauchen. Da gibt es schon einen Unterschied zwischen Schämen und Genieren. Doch lassen wir das.« Georg ließ Wasser aus der Wasserflasche über seine Hände laufen, schüttelte seine nassen Hände und rieb sie an der Hose trocken.

»Ich frage mich nur«, sagte er, »was den Mann mit Hütchen dazu bewegt, mir Tag für Tag einen Euro vor die Nase hinzulegen. Ich will seinen Euro nicht, ich will überhaupt keine Almosen, von niemandem. Er kann sich seinen Euro an seinen Hut stecken. Überhaupt, sein Hut. So eine Kreissäge, sitzt auf seinem Kopf wie angeschraubt. Macht damit einen auf Kavalier, spielt sich auf wie auf der Bühne, fehlen nur noch die Gamaschen. Bin ich denn sein Publikum, sein Komparse? Wenn er hier vorbeikommt, ist es später Nachmittag, zu der Zeit bist du noch im Einsatz, du kannst ihn also nicht kennen. Ein gespreizter Pfau, kann ich nur sagen. Herausgeputzt bis hin zum Einstecktuch. Was bezweckt er, was will er von mir? Mich anmachen? Sieh mich doch an! Macht man überhaupt so einen wie mich an? Das fehlte mir noch. Ich mit meiner Leiste. Aber gehört habe ich schon so allerhand. Hör dich nur mal um. Freiwild, ja, das sind wir, da wird nichts ausgelassen. Je jünger das Fleisch, desto höher der Einsatz. Aber, nun ja, bei meinem Kavalier ist das so wie bei der Alten mit dem Täschchen. Wie gesagt: Alles Interpretation.« Und unvermittelt fragte er: »Wie war sie so, deine Hedwig?«

Paul stutzte. War?

»War?«, reagierte er empört. »Wieso war? Wer sagt denn, dass sie nicht ist?«

»Schon gut«, versuchte Georg, ihn zu beschwichtigen. »Dann frage ich also: Wie ist sie, die Hedwig?«

»Wie Frauen halt so sind. Immer das letzte Wort haben.«

»Ist das alles, was du über sie sagen kannst?«

»Sage ich doch, immer das letzte Wort. Sie hat sich diesen Floh vom feineren Leben ins Ohr gesetzt. Die und fein, dass ich nicht lache. Es sollte blitzen und blinken. Einmal einkaufen gehen in diesem Schickimicki-Kaufhaus, mit vollem Portemonnaie, und nicht zuerst nach dem Preis gucken, so, wie andere das auch machen, das war ihr heimlicher Wunsch. ›Probieren an, mosern rum, nicht dies, nicht das, drehen sich im Spiegel wie die Divas‹, hat sie gesagt: Divas. Also Hedwig und Diva, das geht nun gar nicht. Um sich da vor dem Spiegel zu drehen, da müsste sie erst mal von den Pfunden runter. Ich mochte ihre Rundungen. Ich kann dir sagen …«

»So genau will ich das gar nicht wissen«, reagierte Georg. »Und sonst, vom Schickimicki einmal abgesehen?«

»Sonst?«

»Ein Mensch besteht doch aus mehr als nur aus Rundungen.«

»Wie du wieder sprichst.« Paul machte eine wegwerfende Handbewegung. »Kochen, das konnte sie gut, darauf verstand sie sich. Ihr Sauerbraten – ich kann dir sagen! Sie hatte so ihre kleinen Geheimnisse, jedenfalls vor mir. Mit Sabine konnte sie stundenlang plappern. Überhaupt, Sabine. Was die miteinander getuschelt haben. Auch gekichert, wie kleine Schulmädchen. Wenn ich ins Zimmer trat, hörte das Geplapper auf, auch das Kichern. Dann herrschte Funkstille. Manchmal habe ich mir gedacht, die reden über mich, machen sich über mich lustig. Hättest du doch auch gedacht, Schorsch. Oder? Einmal, als Sabine wegmusste, verreist oder was weiß ich wohin, hat sie ihr ihren Sohn anvertraut, den Hansi. Was hat sie sich da gehabt. Hansi hier, Hansi da. Als wollte sie ihm Zucker in den Hintern pusten. Wie alt der war? Drei Jahre oder vier? Hansis Bettchen stand in unserem Schlafzimmer, sie hat ihm an jedem Abend vorgesungen, immer. Manchmal hat sie sogar vorgelesen. Sie und lesen. Na ja, so sind halt die Frauen. Mich hat sie geschnitten, war das reinste Rührmichnichtan. ›Wenn der Junge wach wird, was soll er von uns denken‹, hat sie gesagt. Aber der Junge wurde nicht wach, der hat geschlafen wie ein Engel. Engelchen, das hat sie gesagt. Aber dennoch, Engel hin, Engel her. Als dann Hansi eines Tages dieses Fieber bekam, hat sie fast verrückt gespielt, hat den Arzt kommen lassen und der hat gesagt, sie solle sich beruhigen, ihrem Sohn gehe es morgen wieder besser, spätestens übermorgen. Sie solle ihm Umschläge machen, Wadenwickel oder so etwas. Ihrem Sohn – das hat sie ganz konfus gemacht. Und ich? Ich war Luft für sie, die ganze Zeit, bis Sabine ihren Hansi wieder abgeholt hat. Hedwig lief danach rum mit solch einem Gesicht.«

Paul deutete mit beiden Händen Hedwigs Gesichtslänge an.

So lang könne kein Gesicht sein, konstatierte Georg.

»Danach hat sie eine ziemlich lange Zeit von kleinen Kindern gefaselt, immer mal so zwischendurch, versteckte Andeutungen, kleine Tupfen. Mal ein Tupfen hier, ein Tupfen da. Ich habe ihr gesagt: Wenn Sabine kommt, dann ohne ihren Hansi. Sabine zog die Nase kraus, hat sich aber daran gehalten. Na ja, das hat dann alles nachgelassen.«

»Doch nicht nur Sauerbraten«, sagte Georg.

»Was meinst du damit?«

»Nur so. Ich stelle fest.«

»Du kannst ja schreiben, was du willst. Aber das mit meiner Hedwig, das kannst du lassen, außerdem interessiert das doch kein Schwein.«

»Und wenn doch?«

»So etwas schreibst du in dein Heft?«

»Habe ich nicht gesagt.«

»Aber gedacht.«

»Auch so etwas schreibe ich, das und noch mehr, auch die Sache mit dem Klo. Und im Nu ist das Heft voll. Aber jetzt lass mich in Ruhe!«

Doch Paul gab keine Ruhe. Ihm war plötzlich eingefallen, wie es so wäre, wenn er und Hedwig in einem Buch aufträten, einfach so. Wäre er dann eine Berühmtheit? Das eher nicht, doch immerhin, wie sähe das wohl aus? »Was hältst du davon, wenn du selbst diesen Verlagsfuzzi ansprichst, ihn einfach anrufst? Seine Telefonnummer hast du doch.«

»Kommt überhaupt nicht infrage. Dem in den Hintern kriechen? Na hör mal, so weit kommt es noch.« Mit diesen Worten drehte er sich auf die Seite.

Hintern sagt er, dachte Paul, und meint Arsch. Pinkel bleibt nun mal Pinkel. Er hatte verstanden, dass Georg seine Sprechstunde für beendet hielt. Er hätte es nicht riskiert, ihn in ein weiteres Gespräch zu verwickeln. Irgendwie ist er auch hier der Boss, meinte er, gespürt zu haben, sein Führungsgehabe kann er nicht abstreifen. Was ist so anders an ihm? Der Blick, so von oben herab? Manchmal blitzt das auf, nur kurz, aber es ist da. Ein Blitz, der auch einschlägt. Platte hin, Platte her. Wenn er sagt: Punkt, jetzt ist Schluss, dann ist Schluss. Muss es immer einen geben, der das Sagen hat? Mit dieser Frage im Kopf schlüpfte Paul in seinen Schlafsack und drehte der Welt den Rücken zu.

An diesem Morgen ging Georg nicht in die Bibliothek, sein Weg führte in die entgegengesetzte Richtung zur S-Bahn. Vor dem Zugang zum Bahnsteig zog er eine leicht zerknitterte Morgenzeitung aus dem Abfallbehälter. Er stieg in den Zug und las: »Aleppo in Schutt und Asche.« Die Menschen sind dumm, schloss er, schlug den Wirtschaftsteil auf und starrte gebannt auf die Schlagzeile: »Röder Werke vor der Insolvenz.« Sie haben es also geschafft, sie haben den Laden runtergewirtschaftet. Gorski hätte sich weniger um seine Liebschaften kümmern sollen und Albrecht hätte besser daran getan, nicht die Erbsen zu zählen, sondern sich um die Rosinen, das Große und Ganze, zu sorgen. Das bisschen, was ich abgezweigt habe, hätte die Firma auch nicht über Wasser halten können. Und wenn doch, fragte er sich zweifelnd. Ist doch jetzt ohnehin egal. Habe ich denn meinen Job nicht gut gemacht? Und, so fragte er sich weiter, habe ich nun den besseren Part erwischt? Auf jeden Fall den sorgloseren.

Verlag Heiligmann & Kroll. Vor diesem Haus blieb er stehen und musterte die Fassade. Viel Glas, das aber keinen Blick in das Innere des Gebäudes freigab. Da sitzen sie hinter ihren Schreibtischen und kämpfen mit jedem Druck auf die Tastatur für den Erhalt ihres Arbeitsplatzes. Im Segment »Ausgefallen« könnte er mich unterbringen, hat der Geschniegelte gesagt, als er vorgestern an meiner Platte vorüberging. Bin ich ausgefallen? Gar aus der Welt gefallen? Aus ihrer Welt, das vielleicht, so weit kann ich mich schon noch erinnern, wie sie war, die andere Welt. Immer lief ein bisschen Zittern um den Fortbestand des Bestehenden nebenher. Darüber sprach man nicht, das tat man nicht, da war ganz einfach eine Sperre, egal, auf welcher Ebene man sich tummelte. Die Angst vor den Bilanzen, das Zittern vor der Konkurrenz. Wir müssen immer einen Schritt voraus sein – so stand es ungeschrieben über jedem Bildschirm, an jeder Tür, auf jeder firmeneigenen Kaffeetasse. Ich habe mitgetan an diesem Schriftzug, o ja.

Er studierte die Schilder am Gebäudeeingang. Kanzleien, Unternehmensberater, eine Physiotherapie, eine Lebensberatung boten ihre Dienste an. *Heiligmann & Kroll* belegten die fünfte Etage. Georg streckte seinen Hals in die Höhe, zählte die Stockwerke ab, starrte auf die fünfte Etage. Er überlegte, ob er das Gebäude betreten sollte. Zweifel befielen ihn. Er sah an sich herunter. Nein, besann er sich, so kann ich dort nicht auftreten: abgerissen, unrasiert, das zottelige Haar, Fingernägel mit Trauerrändern. Eine Witzfigur. So mache ich mich lächerlich, schließlich weiß ich doch, wie das ist: Der erste Eindruck, jeder registriert ihn, die Abschätzung aus den Augenwinkeln, das blitzschnelle Einordnen in eine Schublade, ich kenne das. Der versteckte Blick von oben nach unten. Ja doch, ich bin unten, weiter runter geht es kaum noch. So kommt jeder auf seine Weise an, der eine oben, der andre unten.

Von ihm unbemerkt, stand plötzlich eine Frau hinter ihm. »Entschuldigung«, sagte sie. Georg machte ihr Platz. Die Frau drückte einen Knopf am Firmenschild, sie lächelte ihm zu. »Den Anwalt kann ich Ihnen nur empfehlen«, sagte sie. Georg fiel keine Entgegnung ein. »Ja, bitte?«, erklang eine Frauenstimme aus der Wechselsprechanlage. »Ich habe einen Termin«, sprach die Frau in das Mikrofon. Die Eingangstür öffnete sich, die Frau entschwand ins Innere des Gebäudes, noch immer mit einem Lächeln auf den Lippen, die Tür fiel geräuschlos ins Schloss. Wie fremd mir diese Welt doch geworden ist, sinnierte Georg. Er entfernte sich von diesem Ort.

Bei der Rückfahrt zu seiner Platte überlegte er, was zum anberaumten Redaktionstermin am nächsten Tag für ihn noch zu tun sei.

Paul saß im Schneidersitz auf der Isomatte und stierte vor sich hin. Als Georg näher kam, hob er nur schwach seinen Kopf. Er hat eine aufgeplatzte Lippe, registrierte Georg. Er ist ein Schwachkopf, sich auf Dinge einzulassen, von denen er meint, eine Ahnung zu haben. Hat er aber nicht. Mal das Auge, mal die Lippe. Was ist als Nächstes dran?

»Du siehst aus, als seiest du dem Boxring entstiegen.«

Paul schwieg.

Georg begann, den Kinderwagen zu durchwühlen. »Nimm das hier, das hilft vorerst. Kurz andrücken. Tut erst mal ein bisschen weh, aber das steckst du weg.« Paul hob abwehrend die Hände. »Mach jetzt keine Zicken«, reagierte Georg verärgert. »Also gut, eine Tablette kann ich entbehren, aber mehr nicht. Unter der Bedingung, dass du dann auch die Kompresse auf die Lippe drückst.«

Paul hob den Blick, was Georg dahingehend deutete, dass er sein Angebot annahm. Als der Schmerz abebbte, nuschelte Paul aus seinem lädierten Mund hervor: »Dem werde ich es heimzahlen.«

»Wem willst du was heimzahlen?«

Paul wies mit dem rechten Zeigefinger auf die Wunde.

»Gar nichts wirst du jemandem heimzahlen. Du wirst mir für morgen deine Arbeitsklamotten leihen.«

Paul blickte hoch.

»Das wirst du tun«, fuhr Georg fort. »Wird schon passen, das bisschen Bauch kaschiere ich mit Hemd über der Hose, so trägt man das doch heute. Wenn früher bei mir einer so erschienen wäre, der hätte erst gar nicht erst anzuklopfen brauchen. Also, morgen für ein, zwei Stunden, ich habe einen Termin. Bloß nicht diese gelbe Jacke. Du bekommst das alles ganz proper zurück. Klar?«

»Einen Termin? Was für einen Termin?«, presste Paul über seine wunde Lippe hervor.

»Beim Wichtigtuer von diesem Verlag.« Georg begann, seine Fingernägel mit einer Nagelfeile zu bearbeiten. Er spreizte die Finger, hielt sie gegen das Licht, feilte nach, dann ordnete er an: »Du musst mir die Haare schneiden.«

»Ich und Haare schneiden?«, brabbelte Paul.

»Wenigstens stutzen kannst du sie mir. Das Zumpelige muss weg. Das wirst du wohl können. Kamm und Schere habe ich, liegt alles im Kinderwagen. Doch immer der Reihe nach, jetzt sind erst mal die Fingernägel dran.«

Paul erhob sich, betastete die aufgeplatzte Lippe, lief ein paar Schritte auf und ab, betrachtete den Himmel. Keine hundert Meter, gleich hier um die Ecke, ist ein Friseur, entsann er sich. Ein Türke oder Iraker, die schneiden für wenig Geld. Kann er nicht dorthin gehen? Ich kann was dazulegen, fünf Euro ich, fünf Euro er, das sollte reichen.

»Fertig!«, rief Georg. »Und jetzt die Haare. Nur die Spitzen, damit das nicht so ungepflegt aussieht. Du nimmst den Kamm in die linke Hand, kämmst die Haare von oben nach unten und egalisierst die Enden. Und fertig, ganz einfach.«

Mit feuchten Händen ging Paul an die Arbeit, zunächst zögerlich, dann immer mutiger, schnitt nach, glich Unebenheiten aus, trat einen Schritt zurück und befand sein Werk für leidlich gelungen. Seine Lippe schmerzte nicht mehr so arg.

Georg betrachtet sich im Taschenspiegel und streckte Paul den rechten Daumen entgegen. »Rasieren werde ich mich morgen früh.«

Pauls Hose passte halbwegs, das Sakko spannte wie erwartet über dem Bauch, doch das Hemd ließ er nicht über den Hosenbund heraushängen.

Bei *Heiligmann & Kroll* wurden ihm flüchtig Menschen vorgestellt – zu viele, befand Georg, ein Fehler, den auch er früher in seiner leitenden Position oft gemacht hatte. Das Gespräch in der Redaktion verlief kürzer als von ihm erwartet. Er habe leider nur handschriftliche Vorlagen, das wäre für die Redaktion ein erheblicher Mehraufwand, sagten sie. Schon wollte Georg sich anbieten, seine Texte in einen ihrer Computer einzugeben, doch er hielt diesen Gedanken zurück. Blitzschnell stellte er sich vor, wie er da säße und tippte, beäugt von den Mitarbeitern um ihn herum. Nein, das wollte er nicht. Genug, dass ich ihnen meine Aufzeichnungen anvertraue. Sollen sie nur machen. Und als hätte Weber, sein »Entdecker«, wie Georg ihn für sich nannte, seine Gedanken erraten, sagte er: »Das muss Sie nicht kümmern, das Verlegerische ist unsere Aufgabe. Sie liefern die Vorlage, wir das fertige Werk.« Er bekäme Bescheid. »Wann?«, wollte Georg wissen. Weber zuckte mit den Schultern. Georg signalisierte Verständnis. So habe ich es auch einmal getan: Schulterzucken, das Signal, dass man für heute entlassen sei.

Zum Ausgang nahm er nicht den Fahrstuhl, er ließ sich Zeit, als er die endlos lange Treppe hinabstieg.

»Und?«, fragte Paul, als er Georg auf dessen Lager erblickte.

»Nix und«, knurrte Georg aus seiner Ecke hervor. »Wenn die mein Gekritzel mal herausbringen, werde ich davon nichts mehr haben. Du kannst alles erben, mach dir dann einen schönen Tag.« Er hustete.

»Erben, was faselt der vom Erben, er sollte das Rauchen lassen«, murmelte Paul.

Georg fiel auf sein Lager und fuhr mit der Hand in seine Leistengegend. »Ich brauche Nachschub«, sagte er. »Heute Morgen habe ich die letzte Pille genommen. Du musst mir was besorgen. Das kannst du doch?«

»Ich werde dich zum Arzt schleppen. Beim Bezirksamt haben sie für so etwas Scheine. So kann das auf gar keinen Fall weitergehen.«

»Amt und Schein und ein Arzt, der sich angewidert von mir wegwendet. Willst du mich umbringen?«

»Du bringst dich selber um.«

»Ich hätte dich hier nicht aufnehmen sollen. Du mit deiner Hedwig.«

Als der Name Hedwig fiel, zuckte Paul kurz zusammen. Und wenn sie lebt und eine gute Zeit hat, womöglich mit diesem Charlie? Ein unerträglicher Gedanke. In diesem Augenblick wäre es ihm lieber gewesen, sie wäre tot. Statt sich auf einen Wortwechsel mit Georg einzulassen, öffnete er eine Flasche, die er sich heute geleistet hatte. Ehrlich gekauft auf dem Rückweg im Supermarkt an der Ecke. Dieses Gefühl versetzte ihn in eine Art Hochstimmung. Mehr als dreihundert Euro Einnahme an einem Tag! Eine Höchstleistung! Diesen Querschläger mit der Hedwig wird er sich jetzt wegtrinken. Georg trinkt nicht. Irgendwie wollte er ihn teilhaben lassen an seinem Erfolg. Doch Zigaretten, damit er sich zu Tode hustet? Er nahm einen kräftigen Schluck, wischte sich den Mund ab und sagte: »Machen wir uns einen runden Abend? Was willst du essen? Ich spendiere.«

»Behalte deine Kröten. Der eine säuft sich ins Grab, der andere lässt seine Lunge in Rauch aufgehen. Mach doch, was du willst.«

Paul zückte sein Smartphone, tippte auf der Tastatur herum, sendete eine Message ab und rief zu Georg hinüber: »Überraschung!«

Es vergingen zehn Minuten, fünfzehn Minuten. Ein Mann auf einem Fahrrad huschte an ihnen vorüber. Er trug eine Weste mit der Aufschrift »Fix und fertig«. Nach nicht mehr als einer Minute kam das Rad aus der anderen Richtung wieder an ihnen vorbei. Wenige Meter hinter ihrem Lager stoppte der Mann, lehnte das Rad gegen einen Laternenpfahl, lief in Richtung ihres Plattenlagers und blieb vor Paul stehen.

»Nummer neun steht auf meiner Bestellung. Wo kann das sein?«, fragte er an Paul gewandt.

»Gib schon her«, sagte Paul. »Das ist vollkommen richtig hier.«

Kopfschüttelnd radelte der Pizzafahrer von dannen. Paul hatte ihn mit einem sehr guten Trinkgeld bedacht.

»Ohne Rotwein geht es nicht«, sagte Paul, öffnete die Flasche und schenkte zwei Pappbecher randvoll. Nach einem kräftigen Schluck musste Georg husten, was ihn jedoch nicht daran hinderte, sich eine Zigarette anzuzünden. Paul rümpfte die Nase. »Frutti di Mare oder Salami?«, stellte er Georg vor die Alternative.

»Halbe-halbe«, schlug Georg vor. Der Wein zeitigte bei ihm bald Wirkung. Er griff nach seinem Kopf, hatte Mühe, das Augenflackern zu beruhigen, rauchte viel.

Paul lockte mit einer zweiten Flasche, die er hervorzauberte wie das Kaninchen aus dem Hut.

Georg winkte halbherzig ab. »Meine Frau«, hob er zu sprechen an, bemüht, seinen lallenden Tonfall im Zaume zu halten, »also meine Frau, die gewesene, hat immer gesagt: ›Egal, was kommt: Haltung bewahren!‹ Das soll sie uns hier mal vormachen. Brauchen wir hier eine Haltung? Wovor, vor wem? Muss ich mich vor dir halten, musst du dich vor mir halten? Wir sind uns beide übrig geblieben von dieser Welt. Das da draußen berührt uns nicht mehr, wir haben nur noch unsere alleinige Innenwelt. Also, was ist: Müssen wir nun voreinander Haltung bewahren?«

Paul konnte Georgs Gedankengänge nicht ganz nachvollziehen. Er schenkte nach – sich einen vollen Becher, Georg einen halben. Er sagte sich: Wenn Georg abrutscht, rutsche ich nach, das gibt eine harte Landung. Totalschaden. Haltung? Die haben wir schon lange nicht mehr, der eine merkt es, der andere nicht. Und überhaupt, was meint er damit. Hat er auch so einen Etepetete-Tick, den die Hedwig manchmal hatte? Hat doch überhaupt nicht zu ihr gepasst. Immerzu das Geschiele nach dem Besseren, ob bei Klamotten oder der Sache mit der Küche, ihr stiller Traum. Ob die Kartoffeln auf einer normalen Herdplatte kochen oder auf einem Ceranfeld – ist das nicht egal? Gekocht ist gekocht. Aber nein, sie und ihre Ansprüche. Und jetzt auch noch Georg mit seiner Haltung. Ein anderes Lager täte gut, sinnierte er, Haltung schützt nicht vor Zugluft.

Paul winkte mit der Flasche, Georg winkte ab.

»Schlappschwanz!«, stieß Paul halblaut hervor, in der Annahme, Georg werde das nicht hören. Doch er hatte es gehört. Wie von einer Tarantel gestochen, sprang er von seinem Lager auf, eilte mit geballten Fäusten auf Paul zu, hielt ihm die Fäuste vor die Nase und zischte: »Noch ein Wort, und du kannst dich von deinem netten Bruder einbalsamieren lassen. Hast du mich verstanden?« Georgs Reaktion verschlug Paul den Atem, in Sekundenschnelle fiel er in sich zusammen wie ein nasser Sack. Georg öffnete seine Fäuste und fuchtelte mit den flachen Händen vor Pauls Gesicht herum, dann schleppte er sich in seine Ecke zurück, zog sich die Decke über die Ohren und fiel blitzartig in einen traumgeschüttelten Schlaf.

Paul leerte das verbliebene Drittel der Flasche in einem Zug, kauerte sich mit gekreuzten Beinen auf seine Matte und stierte in das schweigende Dunkel der Nacht.

Fünf bis auf das letzte Blatt vollgeschriebene Quarthefte
hatte Georg dem Verlag überlassen. Er machte sich Gedanken darüber, ob sie dort auch alles würden entziffern
können. Die kleine Schrift, die Streichungen, die Quer-
verweise, hin und wieder die eine oder andere Zeich-
nung, Vignetten, die der fließenden Text ihm eingege-
ben hat – nicht in jedem Fall salonfähig, kleine
Anstößigkeiten, manche keck erotisch, nicht obszön,
doch immer direkt, ohne Schnörkel. Besonders die Stra-
ßenmusikanten hatten es ihm angetan – die einen in wil-
dem Outfit mit künstlerischer Attitüde, andere schwarz
gekleidet wie zu einem großen Bühnenauftritt, offenbar
Musikstudenten, die sich ihr Weiterkommen auf der
Straße verdienten. Die im wilden Outfit machten ganz
gute Einnahmen, hatte Georg beobachtet. Der Geigen-
spieler von der Musikschule musste sich mit kleinen Almosen zufriedengeben, Klassik auf der Straße hat ein
schweres Los, so hatte er es wahrgenommen, notiert
und skizziert. Oder die kopulierenden Hunde mitten auf
dem Gehweg, auch das. Der dazugehörige Text ist voller Streichungen und Ergänzungen, ein wirres Spiel aus
Worten, wirr wie das ungleiche Hundepaar: Dackel und
Dogge, das wollte ganz einfach nicht klappen. Vergleiche zu Menschen wirbelten durch seinen Kopf. Was
werden sie in der Redaktion daraus machen? Sie werden

sich amüsieren, gewiss. Vor einigen Tagen folgte sein Stift einer Hand, die in die Gesäßtasche eines Mannes griff, während dieser Mann mit einer Frau flirtete. Auch an diese Szene erinnerte er sich sehr genau. Nur die Abgriffhand hatte er skizziert, das schien ihm Aussage genug. Auch daran, wie der Mann sich plötzlich um die eigene Achse drehte, wie dessen Hand die Gesäßtasche abtastete, wie seine Augen für lange Sekunden auf ihn, Georg, fielen, ihn offenbar in einer Spontanreaktion verdächtigten, wie er schon, mit flackernden Augen, ein, zwei Schritte in seine Richtung tat, sich dann abwendete und heftig auf seine weibliche Begleitung einredete. Den Flirt hatte die harte Wirklichkeit zerstört. Das sind *meine* Straßenbilder, dachte Georg. Sollte ich sie wirklich fremden Händen überlassen? Doch geschehen ist geschehen. Werden sie den Vorfall mit der Gang aus dem Manuskript streichen – oder doch durchwinken? Das waren keine jungen Typen, wie man sich eine Gang immer so vorstellt. Einer von denen hatte einen Kaiser-Wilhelm-Bart, einen Kugelbauch und eine eintätowierte Schlange auf dem linken Unterarm: der Pinkler. »Du legst dich hin, wo du willst – und ich pinkle hin, wo ich will.« Mit diesen Worten holte er sein schrumpeliges Ding raus und pisste in meine Ecke. Die anderen vier aus seiner Gruppe umstanden den Pinkler, quasi als Sichtschutz, grölten los, konnten sich vor Gebrülle nicht mehr einkriegen. Dauerpubertierende Männer, ich würde sie auf Anhieb wiedererkennen. Und dann, wie weiter? Einer gegen fünf, da kann ich nur einen weiten Bogen machen.

Paul saß in seiner Ecke und befummelte die mittlerweile abgeschwollene Lippe. Er verstaute die leeren Flaschen in einer Plastiktüte, dann zählte er sein Geld nach. Der Betrag stimmte ihn heiter, er lächelte.

Ich werde heute nicht zum Abgreifen gehen, nahm er sich vor. Ein Bummeltag. Machen es die Millionen anderen Angestellten nicht auch hin und wieder? Eine kleine Auszeit auf der Couch mit Bierchen und Fernsehen am helllichten Tag?

Mit Georg hatte er heute noch kein einziges Wort gewechselt. Das erste Wort sollte von ihm kommen, meinte er. War nicht er es, der mit der Faust auf mich losgegangen ist? Sitzt da wie ein Ölgötze, hochnäsig. Der Herr fühlt sich als was Besseres. Soll er doch! Meine Pizza hat er gegessen, meinen Wein getrunken, so sind sie, die Herren. Ach, bleibt mir doch gestohlen!

Als er sein Lager verließ, lief er mit durchgedrücktem Rückgrat ostentativ dicht an Georgs Ecke vorbei. Georg tat, als bemerkte er ihn nicht. Paul fühlte sich brüskiert. Er unterdrückte die aufsteigende Wut.

»Du kannst deine Ecke auch mal aufräumen. Wie das bei dir aussieht!«, rief er im Weggehen.

Georg reagierte nicht.

Paul schlenderte zum Altglasbehälter. Er überlegte, was er an seinem Bummeltag unternehmen sollte. Ein Ausflug, eine Exkursion, eine Fahrt mit dem Schiff auf der Spree! Hinterher ein nettes Lokal, Essen à la carte, sich was Gutes gönnen, warum eigentlich nicht? Er ging zu einer Straße, in der sich Gaststätte an Gaststätte reihte, und begann, die ausgelegten Speisekarten zu studieren. Viel Mediterranes, Speisen mit exotisch klingenden Namen. Ihm stand nach Schnitzel oder Roulade der Sinn, nach Sauerbraten, wie ihn Hedwig zuzubereiten verstand. Nach der dritten oder vierten Station fiel ihm auf, wie andere Passanten sich zurückzogen, sobald er sich ihnen näherte, dass sie einen Bogen um ihn machten, ihn mit großem Abstand aus den Augenwinkeln musterten, auch Kopfschütteln glaubte er wahrgenommen zu haben. Der Wortfetzen »So etwas hätte man früher ...« war an sein Ohr gedrungen. Er bog in eine Seitenstraße ein und musterte sich von oben bis unten. Die Hose verunzierte ein nicht zu übersehender braungrauer Urinfleck, der Reißverschluss der Hose war nur halbherzig geschlossen, das Hemd zierten Sabberflecken, an den Jackenärmeln glänzte Schmutzfett. Wie mag es um meine Rückansicht bestellt sein? Alles ist futsch, konstatierte er: die Exkursion auf der Spree, das Essen à la carte, die Roulade, der Sauerbraten, aus und vorbei. Ich hätte meine Arbeitsklamotten anziehen sollen.

Er schlich zur nächsten U-Bahn-Station. Eine Karte löste er nicht, da ja nun ohnehin alles futsch war. Er bestieg den hintersten Wagen, in der Annahme, dort auf möglichst wenige Fahrgäste zu stoßen. Seine Annahme bestätigte sich. Er kauerte sich auf den hintersten Sitz und verfolgte mit geschlossenen Augen die Ankündigung der nächstfolgenden Haltestellen.

Im Schneckentempo näherte er sich seinem Lager und stockte.

Georg war nicht allein. Die Frau, die vor ihm stand, redete heftig auf ihn ein. Er müsse was unternehmen, so viel konnte Paul aus den Wortfetzen der heftig gestikulierenden Frau heraushören. »Ehe es zu spät ist. Das ist kein Stolz, was Sie da zeigen, das ist Dummheit. Wissen Sie, was ein Darmverschluss ist? Es gibt schönere Todesarten. Jetzt seien Sie doch mal vernünftig. Für heute gebe ich Ihnen das hier, mehr kann ich hier ohnehin nicht tun. Beim nächsten Mal nehmen wir Sie mit.« Die Frau warf Paul einen kurzen Blick zu, dann entfernte sie sich kopfschüttelnd.

Der Anfall war sehr heftig gewesen. Georgs Augen waren Hilfe suchend zu Pauls Lager hinübergewandert. Wie lange kann es dauern, die paar Flaschen wegzubringen? »Leg einen Schritt zu, Paul! Paul, beeil dich! Herrgott noch mal, du sturer Bock!« Doch Paul erschien nicht.

Georg hatte die 112 über sein Smartphone angerufen. Als die Notärztin erschien, hatten sich die Krämpfe auf ein erträgliches Maß reduziert. Von dem, was er in den vergangenen Minuten durchgestanden hatte, kam ihm jetzt gegenüber Paul, der sich zu seinem Lager zurückgeschleppt hatte, kein einziges Sterbenswörtchen über die Lippen.

Paul stülpte seinen Rucksack um, eine Bierdose kullerte über den Gehweg, es schien ihn nicht zu bekümmern. Kopfschüttelnd registrierte er die Leere, die der Rucksack bloßlegte. Georgs Anwesenheit schien er nicht erwartet zu haben. Georg wich Pauls fragendem

Blick mit herabgezogenen Mundwinkeln aus. Er schaltete seinen Transistor ein, legte eine Kassette ein, schloss seine Augen und zog sich mit Bruckners siebter Sinfonie von dieser Welt zurück.

Lässt er sich doch mal eines Tages zum Eingriff im Krankenhaus überreden, werde ich allein zurechtkommen müssen, überlegte Paul. Ohne Georg, diesen Knurrhahn? Was ist nun besser für mich: mit oder ohne ihn? Das ist ja schon fast wie: mit oder ohne Hedwig? Lächerlich. Komme ich denn ohne Hedwig nicht gut alleine klar? Keiner mehr, der mir Vorhaltungen macht wegen meinem Schlückchen Korn. Sei du doch dort, wo der Pfeffer wächst. Und du, Schorsch, schluck deine Pillen, eines Tages wirst du so oder so krepieren wie ein Straßenköter. Doch, so wird es kommen. Von wegen Quarthefte und Verlag, da haben sie dir einen schönen Floh ins Ohr gesetzt.

2 3

Als Paul ein paar Tage später zu seinem Lager zurück-
kehrte, fuchtelte Georg ihm mit einem Schriftstück auf-
geregt vor der Nase herum. »Du hast einen Wunsch
frei!«

»Wieso, was für einen Wunsch?«

»Heute bin ich dein Weihnachtsmann. Guck dir mal
die Summe an, da lässt sich was draus machen.«

Paul starrte auf die Zahl, schüttelte den Kopf und
sagte: »Das ist ja denn wohl das Ende.«

»Das Ende wovon?«

Paul schwieg, zog sich in seine Ecke zurück und
nahm einen beherzten Schluck aus dem Flachmann. Er
hielt die Flasche gegen das Licht und kräuselte sorgen-
voll die Stirn. Zwei Fingerbreit Branntwein, das war alles, was ihm geblieben war. Der heutige Tag hatte ihm
keine Einnahmen gebracht. Zum ersten Mal hatte er bei
seinen Streifzügen eine gewisse Verunsicherung ver-
spürt, immer wenn er einen Abgriff wagen wollte, begannen seine Hände zu zittern. Die Voraussetzung für
einen sicheren Abgriff ist eine sichere Hand, das sagte
ihm seine Erfahrung. Auch hatte ihn heute das Gefühl
begleitet, ständig beobachtet zu werden, keine gute Ar-
beitsvoraussetzung. Festes Auftreten, sichere Hand –
die Grundpfeiler seiner Tätigkeit. Er überlegte, welche
anderen Beschaffungsquellen für ihn noch infrage

kämen. Drogen? Zu unsicher, außerdem fehlten ihm hierzu die Verbindungen. Und wenn er damit erwischt würde, könnte es hart für ihn ausgehen. Hehlerei? Eine unsichere Kiste. Hehlerware ohne Dealer bringt doch nichts. Auch diesen Einfall verwarf er. Wilde Gedanken wirbelten durch seinen Kopf: Bruch, Überfall, Erpressung, Entführung. Unterschlagung. Doch was konnte er bei wem unterschlagen?

Schorsch, wie konntest du dich nur so einwickeln lassen. Von einem Verlag. Machst doch sonst immer einen auf überschlau, schüttelte Paul verständnislos den Kopf. Jetzt protzt er mit seinem Vorschusshonorar wie ein Krösus. Soll er sich das doch sonst wohin stecken. Ehrlich erworbenes Geld, das wird er mir entgegenhalten. Ehrlich, jawohl, das höre ich ihn sagen, und er meint damit, dass ich es ja auch mal mit Ehrlichkeit versuchen sollte – was er so *ehrlich* nennt. Wie viele von denen, die das »Ehrlich« wie ein Markenzeichen vor sich hertragen, können ehrlich behaupten, wie ehrlich sie in Wirklichkeit sind. Betrüger sind sie, allesamt! Paul nahm einen weiteren Schluck, den Rest in der Flasche bewahrte er sich als Schlaftrunk auf. »Entführung!«, stand wie ein Fanal vor seinem umnebelten Kopf. Doch wen? Ein Kind reicher Leute. Die schmeißen doch mit dem Geld nur so um sich. Auf ein paar Tausender mehr oder weniger kommt es bei denen doch nicht an. Schnell gehen muss es, schon allein des Kindes wegen. Mein Gott, ja, das Kind tut mir heute schon leid. Ich werde es gut versorgen, viel Süßkram, das mögen Kinder doch. Und auch sonst soll es nicht leiden, bloß das nicht. Ich werde mich um ein kuscheliges Plätzchen kümmern, Spielzeug besorgen. Doch wohin mit dem Kind? Doch, ich wüsste was: die Wohnung von meinem Bruder. Ich muss nur rauskriegen, wann der wieder mal in Spandau bei seiner Tussi ist. Vierundzwanzig Stunden, das sollte doch zu schaffen sein. Jedenfalls darf es dem Kind an nichts fehlen. Wenn es nur keine Scherereien macht.

Als der Nebel sich in seinem Kopf zu lichten begann, wurde ihm klar, dass eine Entführung eher nicht infrage käme. Woher das Kind nehmen? Woher die reichen Eltern? Allein würde er es ohnehin nicht packen, das sah er ein. Zusammen mit Schorsch? Ein Schlappschwanz, aber das durfte er ja nicht laut sagen. Irgendwie erleichtert, dass diese Entführungsarie an ihm vorübergegangen war, blickte er hinüber zu Georg. Er erhob sich, tat ein paar Schritte und sah, wie Georg mit gesenktem Kopf und der Vorschussnachricht in der Hand neben dem Kinderwagen hockte.

»Und, wie soll dein Buch heißen?«

Georg hob seinen Kopf und hielt seine Augen starr auf die gegenüberliegende Hauswand gerichtet, auf der eine Graffitidogge mit hochgezogenen Lefzen ihre Reißzähne entblößte.

»Straßenbilder«, sagte er halblaut.

»Was hast du gesagt?«

»Straßenbilder!«

»Das soll ein Titel sein?«

»Ach, lass mich doch …«

Paul trat einen Schritt näher an Georg heran, legte seinen Kopf schief, als überlege er, was zu tun sei.

»Was ist?«, reagierte Georg gereizt.

»Ich hab's«, sagte Paul. »Wir mieten uns ein Auto für einen Tag oder zwei. Du kannst doch Auto fahren?«

»Ohne Kreditkarte kein Auto«, sagte Georg.

»Ach was«, parierte Paul. »Bargeld nehmen die auch, wenn es nur reichlich genug ist.«

»Und wohin, bitte schön, möchte der Herr gefahren werden?«

An ein konkretes Ziel hatte Paul nicht gedacht. Eine Fahrt ins Blaue, raus aus der Stadt, weg von der Platte, wenigstens für ein, zwei Tage frei sein von allen Beschaffungsängsten. Vielleicht dorthin, wo er sich auskannte, in seinen Heimatort. Parken vor Bethges Klitsche, soll der doch sehen, dass auch er es geschafft hat mit Auto und so, soll er doch mit seiner Tussi platzen vor Neid. Unterwegs kehren wir ein, diesmal richtig, die Klamotten hierfür habe ich ja. Nur keine poplige Karre, Schorsch. Wenn du schon einen springen lassen willst, dann richtig. Und Sauerbraten, wie Hedwig ihn machte.

Bei dem Gedanken an Hedwigs Braten lief ihm das Wasser im Munde zusammen. Auch seine Augen wurden feucht, er wischte sich mit dem Handrücken übers Gesicht, Bilder aus vergangener Zeit bestürmten ihn: das heimische Sofa, der Schluck aus der Flasche, der Sonntagskuchen, Hedwigs Rundungen, ihr heißer Atem. Alles weg, aus und vorbei.

»Morgen früh geht's los. Mach dich landfein«, sagte Georg.

So schnell? Damit hatte Paul nicht gerechnet.

Die ersten Kilometer aus der Stadt heraus fuhr Georg beängstigend unsicher. Er bog an der falschen Ausfahrt ab, quälte sich mit feuchten Händen durch Ortschaften mit Einbahnstraßen. Mit dem Autopilot wusste er nicht umzugehen. Auf der Suche nach dem richtigen Weg fuhr er zum Ärger der anderen Autofahrer betulich langsam, hatte er den richtigen Weg gefunden, beschleunigte er rasant und schoss dem nächsten Hindernis entgegen. Auf der Landstraße beruhigte sich sein Puls und Paul atmete auf.

Georg fuhr nicht in die Richtung, die Paul sich gewünscht hatte. Die Ortsnamen waren ihm fremd, die Gegend war ihm fremd. Kiefern, Rübenäcker, Einöde. Also nichts mit Parken vor Bethges Klitsche. Georg, du raubst mir das Sahnehäubchen von diesem schönen Tag. Da kann ich halt nichts machen, ist ja sein Auto, sein Geld. Und wer das hat, der hat das Sagen.

»Wir machen uns einen schönen Tag am See, mit Baden und so. Ich weiß da ein schickes Hotel von früher ...«, sagte Georg.

Wie lange liegt das zurück, früher? Mit Frau und Kind und eigenem Auto. Die Ausflüge aus dem Stand heraus. Übernachten in den besseren Hotels. »Verwöhnwochenende« nannte seine Frau es, mit Wellness und allem Pipapo.

»Ich habe keine Badehose«, platzte Paul in Georgs Nachsinnen hinein.

»Die brauchst du dort nicht«, erwiderte Georg.

Paul schluckte. So ganz ohne? Nein, nein, das war nichts für ihn. Und alle gucken zu, beäugen aus den Augenwinkeln, bilden sich ein Urteil, grinsen, lästern womöglich. Kommt überhaupt nicht infrage, jedenfalls nicht mit mir!

Georg bremste scharf. »Die Leute gucken nicht nach rechts, nicht nach links, latschen einfach so über die Fahrbahn.« Der Mann, vor dem er gebremst hatte, schickte ihnen eine wütend geballte Faust hinterher.

»Ich brauche kein schickes Hotel.« Paul dachte an seinen Aufzug, der vielleicht einigermaßen durchginge, aber doch nur einigermaßen. Aber schick?

»Wenn du jetzt Sperenzien machst, dann steig aus.«

Aussteigen? Jetzt? Hier? Im Niemandsland? Paul drückte sich in die Sitzecke und versank in Schweigen.

Georg hielt in Benlow vor einem Textilgeschäft und kaufte Badehosen. Zu grell, dieses Giftgrün, befand Paul, hielt sich jedoch mit einem Kommentar zurück.

Georg zahlte das Hotelzimmer bar und im Voraus.

»Na?«, sagte er und trat auf den Balkon hinaus. »Zimmer mit Seeblick. Hast du die Augen von der Empfangstante gesehen? Zu wenig Gepäck, das haben ihre Augen gesagt, das weckt bei denen Verdacht.«

Paul beschnüffelte die Bettwäsche, warf einen Blick ins Badezimmer. Die blitzenden Kacheln und die blinkenden Armaturen schüchterten ihn ein. Hedwigs

Traum, dachte er. Doch nichts für mich. Immer die Angst, etwas kaputt zu machen, aus der Ordnung Unordnung zu schaffen, womöglich einen Fleck zu hinterlassen. Die werden sich das hinterher genau ansehen, auch das haben die Augen der Empfangstante signalisiert. Hätte es nicht etwas schlichter sein können, Schorsch? Aber nein, der will hier einen auf dicken Maxe machen. Ich hätte mich hierauf nicht einlassen sollen, das ist ganz und gar nicht meine Welt.

»Einen Garten haben die hier …«, schwärmte Georg. »Wir werden hinuntergehen und uns was Nettes bestellen. Und außerdem, mach nicht so ein griesgrämiges Gesicht, wir sind doch hier nicht auf der Beerdigung.«

Georg bestellte Häppchen und Riesling, Paul schielte nach den Preisen auf der Speisekarte.

»Da mach dir man keine Sorgen, das zahlt alles der Verlag«, parierte Georg Pauls gerunzelte Stirn.

Paul kippte den Riesling wie einen Wodka hinunter, Georg nippte am Glas.

Und wenn das hier zu Ende ist, dachte Paul, wie soll das dann weitergehen? Wieder zurück zur Platte? Das alles hier, dieser Schnickschnack, feine Bettwäsche, duftendes Duschgel – und dort, in Berlin, der müffelnde Schlafsack, die schnüffelnden Hunde. Hier unvorstellbar das eine, dort unvorstellbar das andere. Es ist zum Haareraufen.

»Zum Abend habe ich uns einen Tisch reserviert«, sagte Georg. »Das macht man hier so.«

Paul stutzte. »Noch ein Gläschen könnte nicht schaden«, reagierte er. Ein Tisch, wozu brauchen wir einen

Tisch? Macht hier einen auf feinen Herrn. Wir sind keine feinen Herren.

Georg bestellte.

»Wir müssen von hier verschwinden«, sagte Paul am folgenden Morgen. »Ich glaube, die haben was bemerkt. Die schrägen Blicke, spürst du das nicht? Die Aufgedonnerte da hinten stiert unentwegt zu uns herüber. Klammert sich an ihr Täschchen wie an einen Anker. Vorhin habe ich sie von der Rezeption kommen sehen, da muss es Ärger gegeben haben. Ihr Gesicht hochrot wie eine Pute. Schorsch, ich halte es hier nicht länger aus, wenn das auffliegt.«

»Wer soll was bemerkt haben, was soll hier auffliegen?«

Paul hielt seine Hände mit den Schenkeln zusammengedrückt, er rutschte unruhig auf seinem Stuhl hin und her. »Sollten wir nicht einen Kurzen nehmen?«, schlug er mit unterdrückter Stimme vor.

»Kommt nicht infrage. Frühstück und Kurzer, du hast sie wohl nicht alle«, entschied Georg. »Und überhaupt, was wird hier gespielt?«

Am vorigen Abend nach dem Essen hatte Paul im Hotelrestaurant nicht an sich halten können, die Versuchung war für ihn zu groß. Das mit winzigen Pailletten bestickte Täschchen blinzelte ihn an. Ein Lockvogel. Wie kann man auch so leichtfertig sein, ereiferte er sich, wie stets in solchen Situationen, stumm über die Gedankenlosigkeit der Frau am Nebentisch. Ein flinker Griff, seine Finger glitten wie eine Schlange in das Täschchen, ertasteten den Inhalt, angelten mehrere Geldscheine aus der halb geöffneten Börse, glitten zurück und ließen die Beute in seiner Hosentasche verschwinden. Als Paul den Taschenverschluss wieder zumachte, gab das Schloss einen schwach wahrnehmbaren »Klick« von sich, die Frau wandte sich in einer halben Umdrehung nach hinten, ihre und Pauls Augen trafen sich für den Bruchteil einer Sekunde, dann widmete sie sich wieder dem Gedeck vor sich auf dem Tisch.

»Habe ich es doch geahnt.« Georg tippte dreimal gegen seine Stirn. »Musst du denn alles kaputt machen?«

»Lass uns abfahren«, bettelte Paul.

»Ich habe zwei Nächte im Voraus bezahlt, also bleiben wir auch zwei Nächte. Wir können heute Abend den Tisch wechseln, das ist alles, was ich für dich tun kann.«

Paul kratzte sich am Hinterkopf. Einfach verschwinden, überlegte er. Abhauen. Er verfluchte diesen Ausflug, verfluchte Georg, verfluchte den Abgriff von gestern Abend. Wie konnte ich nur so idiotisch sein! Das hier ist doch keine Umkleidekabine.

Sie brauchten am Abend den Tisch nicht zu wechseln, die Frau mit dem Paillettentäschchen war abgereist.

Ihre eigene Abreise aus diesem Sternehotel empfand Paul wie eine Befreiung. Ohne ein Wort zu wechseln, fuhren sie drauflos, über abseits gelegene Landstraßen, durch verschlafene Dörfer, vorbei an Kartoffeläckern,

Rübenfeldern, durch Kiefernwälder. Paul fragte nicht, wohin die Reise gehen sollte. Wie festgeschraubt saß er auf dem Beifahrersitz, blickte stur geradeaus. Georgs Schweigen verschloss auch seinen Mund. Wenn er, der feine Herr, nichts sagt, werde ich erst recht nichts sagen.

Ein Stunde – oder waren es zwei – steuerte Georg in nördliche Richtung. Mitten auf der Straße brachte er das Auto mit einer scharfen Bremsung zum Stehen. »Wenn du nicht sofort zu heulen aufhörst, setze ich dich raus!«

Wie aus einer anderen Welt in die Wirklichkeit zurückgeholt zuckte Paul zusammen.

Er besann sich, schniefte, öffnete die Beifahrertür, stieg aus, lief ein paar Schritte die Landstraße zurück und hockte sich auf einen Feldstein. Georg stellte den Motor ab, blieb auf dem Fahrersitz sitzen. Er zog den Starterschlüssel ab und ließ den Schlüsselring um seinen rechten Zeigefinger kreisen. Minutenlang. Dann verließ auch er das Auto und näherte sich mit langsamen Schritten Paul, der ihn in seiner Sitzposition an Rodins Denker gemahnte.

»Los jetzt, wir müssen weiter. Wenn wir ankommen, sollst du auch deinen Kurzen haben.«

Ist er ein Mann? Ist er ein Kind? Ist er ein Hund, den man mit einem Leckerli zum Weitermachen ermuntert? Verständnislos schüttelte er den Kopf, startete den Motor. Morgen werde ich das Auto zurückgeben, überlegte er. Wie groß wird der Fall für uns beide dann sein? Heute Nacht noch einmal frisches Leinen. Und morgen?

In dem Wirtshaus, in dem sie abgestiegen waren, waren sie am Abend die letzten Gäste. Der Wirt schaltete die Lampen an den unbesetzten Tischen ab. Sie könnten ruhig noch sitzen bleiben, beschied er sie. Wenn sie nur das Licht ausschalteten und die Tür zum Gastraum zumachten. Von der Flasche könnten sie sich bedienen, er vertraue ihnen. Mit diesen Worten verschwand er in den Gemächern hinter der Theke.

Es blieb nicht bei einem Kurzen, mit dem Paul sich vergnügte. Georgs Weißwein war ihm gleichgültig, für ihn war das Weiberkram.

»Und wie geht es jetzt weiter?«, wollte Paul wissen.

»Wie gehabt«, sagte Georg. »Eine andere Wahl haben wir nicht.«

Paul überlegte, welche Wahl er hätte. Doch da war nichts, nicht der leiseste Ansatz einer Idee. Und Georg? Hat er nicht seinen Vorschuss? Für ein Weilchen sollte es für ihn wohl reichen.

Vor dem Einschlafen baute sich Paul mit Georgs Honorar eine Welt zurecht, die ihn in paradiesische Zustände entführte. Leben wie die Made im Speck, das wär's. Kein müffelnder Schlafsack, immer flauschige Tücher, kein kaltes Regenwasser zum Augenausspülen, stattdessen eine warme Dusche und Duftwässerchen, kein Bangen um das Einkommen, dafür das fette Konto, von dem man sich nach Belieben bedienen kann, flotte Klamotten, geblümtes Hemd, das tragen sie heute, so habe ich es gesehen, oder besser nicht geblümt, das wäre albern, jedenfalls für mich, doch ein

Hemd mit Markenlogo, das sollte schon sein, und Schuhe mit dicker Sohle, macht einen doch um Zentimeter größer. Und dann was Gutes aus der Flasche, nur nicht wieder dieser billige Fusel, muss ja nicht viel sein, mäßig, aber regelmäßig. Aber vor allem kein Baustellenklo mehr: Funktionierende Spülung, so soll es sein. Wenn dann Hedwig mich sähe, sie würde platzen vor Neid. Und überhaupt, die Frauen … Mit diesen Gedanken träumte er sich in den kommenden Tag hinüber.

Das Erwachen war wie eine kalte Dusche, daran konnte auch die Sonne nichts ändern. Missmutig bestiegen sie das Auto, missmutig fuhren sie im Schneckentempo Richtung Berlin, wurden von allen Fahrzeugen hinter ihnen überholt, selbst ein Traktor wagte ein Überholmanöver, was nicht gelang und zu einem Beinaheunfall geführt hätte. Dem Traktor musste, als er in gleicher Höhe mit ihrem Auto war, die Puste ausgegangen sein. Der Traktorfahrer zeigte Georg eine geballte Faust, Georg reagierte mit Schulterzucken. Das brachte den Traktorfahrer in Rage, er versuchte, Georg beiseite zu drücken. Georg beschleunigte und ließ den Traktor hinter sich. Kreidebleich kauerte Paul auf seinem Sitz, sagte aber nichts. Jetzt, mit höherem Tempo, näherten sie sich ihrem Ziel. Pauls Gesicht bekam wieder Farbe. Als er die Sprache wiedergefunden hatte, sagte er: »Nie wieder!«

»Was ›nie wieder‹?«

»Auch wenn ich auf der Platte lebe, hänge ich an meinem Leben, so beschissen es auch sein mag.«

Zunächst erkannte Georg nicht den Grund für Pauls Aufregung. Dann fiel ihm ein: »Ah, der Traktor! Glaub mir, auch dem Traktorfahrer ist sein Leben lieb. Außerdem war er ein Idiot.«

Er wieder mit seinen schlauen Worten, murrte Paul und sann auf Versöhnung. Sie fuhren durch eine Kleinstadt. Große Plakate verkündeten ein Stadtfest. 750 JAHRE SCHMALENBURG!

»Lass uns hier halten, Pause machen«, schlug Paul vor.

»Doch nicht auf diesem Krawallplatz«, wehrte Georg ab.

»Krawallplatz? Warum nicht? Du hast mich eingeladen, jetzt lade ich dich ein, zum Abschluss sozusagen.« In Gedanken überschlug er seine Barschaft. Mehr als genug, resümierte er, das Paillettentäschchen hat's möglich gemacht.

Sie stellten das Auto in einer stillen Seitenstraße ab.

Paul lenkte Georg in die Richtung, aus der die Lautsprechermusik ertönte. Er ging zielstrebig auf das Kettenkarussell zu, erstand zwei Karten und forderte Georg zum Mitmachen auf.

»Ich und das Ding da?«, protestierte Georg.

»Macht doch Spaß, andere machen das auch.«

»Ich bin kein kleines Kind.«

»Aber ein großes«, versuchte Paul zu argumentieren.

»Wir machen uns lächerlich. Außerdem wird mir allein schon vom Hinsehen dreherig im Kopf.«

Paul ging energisch auf einen Sitz zu, Georg folgte zögerlich. Das Karussell begann sich zu drehen. Sie flogen hoch, bis in die Waagerechte. Schwerelos. Die Welt unter ihnen zog konturenlos vorüber, verschwamm zu einem bunten Kaleidoskopbild. Paul flog mit weit geöffneten Augen, sein Hemd flatterte wie eine Fahne. Georgs Rockschöße flatterten wie die Frackschöße eines Pinguins, er flog mit halb geschlossenen Augen, blinzelte in die Sonne. Keine Spur von Drehkopf. Nach einer schier unendlich langen Zeit verlangsamte sich die Fahrt, sie stiegen aus, Paul ordnete sein Hemd, Georg seine Rockschöße.

»War ganz schön hoch«, befand Paul. »Fast wie im Himmel.«

Georg schwieg.

Auf dem Blatt Papier, das sie am frühen Abend bei ihrem Eintreffen in ihrem Plattenlager vorfanden, stand mit rotem Filzstift in Großbuchstaben: »HAUT AB!«

Paul wendete das Blatt hin und her wie auf der Suche nach einem Indiz, das ihn zu der Person führen könnte, die das Blatt hinterlegt hatte. Er schüttelte den Kopf.

»Keine frohe Botschaft«, sagte Georg. »Mit denen ist nicht zu spaßen, die kommen wieder.«

»Welche *die*?«

»Die alten Pisser.«

»Warum sollten die wiederkommen?«

»Warum? Gewalt als Lebensersatz.«

»Was du wieder faselst«, sagte Paul und lüftete seinen Schlafsack. »Bei mir jedenfalls sind alle Sachen noch da.« Er rollte den Schlafsack aus und rümpfte die Nase. »Sie haben wieder in die Ecke gepinkelt. Das stinkt.«

Der eingetrocknete Urin auf der Pappe zeichnete sich als giftgelber Fleck ab, die Pappe war unbrauchbar geworden. Er würde sich eine frische Pappe besorgen müssen. Ärgerlich.

»Vielleicht waren es auch die von dem Laden hier, dem schicken Kaufhaus. Ich meine ja nur«, bemerkte Georg.

»Von dem Laden, wie meinst du das?«

»Die wollen uns doch loswerden. Und wie wird man einen unliebsamen Nachbarn los?«

»Indem man ihn vergrault. Eine Stichelei hier, eine Stichelei da. Immer ein bisschen Kleinkrieg.«

»Sie selbst werden sich die Hände nicht schmutzig machen, das lassen sie andere für sich tun. Stellvertreterkrieg.«

»Wir sollten umziehen.«

»Das werden wir nicht tun. Woanders ist es nicht anders. Die Welt ist überall gleich.«

Kurz nach acht Uhr fuhren an den Haupteingängen geräuschlos die Gittersperren herunter. Minuten später ging in den Verkaufsräumen die gedimmte Nachtbeleuchtung an. Das Personal verließ das Gebäude über die Hintereingänge, das Haus versank in seinen Nachtschlaf. Das war die Zeit, zu der sie ihre Pappen auslegten und ihre Matten ausrollten, die Zeit, zu der Paul nach seinem Schlaftrunk griff und Georg sich die letzte Zigarette des Tages gönnte, bevor sie in einen endlos langen Dämmerschlaf fielen.

An diesem Abend machte Paul noch keine Anstalten, sich hinzulegen. »Ich muss noch mal weg«, sagte er.

»Wohin?«

»Frische Pappe besorgen.«

»Mach doch, was du willst.« Georg streckte sich aus und simulierte Schlaf.

Auf dem Weg zu der Stelle, von der er wusste, dass er dort die stabilsten Kartons finden würde, erblickte Paul in einiger Entfernung eine Gruppe von Männern. Das müssen sie sein, die Pinkler aus jener Nacht, kam ihm spontan in den Sinn. Mit denen ist nicht zu spaßen. Er wechselte die Straßenseite. Die Männer hatten sich auf Betonpollern niedergelassen, sie lachten und prosteten sich mit Bierdosen zu. »Heute Nacht oder nie …«, hob einer von ihnen zu singen an. Ein anderer versuchte sich im Mitsingen. Das Gelächter schwoll an, schwoll ab, weitere Bierdosen machten die Runde. Paul schwante nichts Gutes. Er versuchte, die Entfernung zu ihrem Nachtlager abzuschätzen: zweihundert, dreihundert Meter. Nicht viel, befand er.

Mit der neuen Pappe unter dem Arm lief er über Umwege zum Lager zurück. Sollte er Georg wecken, ihn warnen? Doch wovor? Er tat es nicht. Er breitete die neue Pappe aus und krabbelte in seinen Schlafsack.

Sie waren im Tiefschlaf, als sich die Gruppe ihnen näherte. Wie ein Suchscheinwerfer irrte das Licht einer Stablampe über ihre Gesichter. Paul öffnete seine Augen einen Spaltbreit, das Licht schmerzte ihn, er deckte die Augen mit der flachen Hand ab.

»Lichtscheues Gesindel«, äußerte der mit der Lampe.

Die anderen hatten sich mit vor der Brust gekreuzten Armen als schweigender Block aufgestellt, sie folgten dem Scheinwerfer. Jetzt war auch Georg wach geworden. Der Scheinwerfer fuhr über seine Matratze, verharrte beim Kinderwagen.

»Ein Kinderwagen. Soso, da müssen wir doch mal nach dem süßen Baby sehen.«

Georg hatte sich aufgesetzt. Das hier ist kein Spaß, so viel erkannte er blitzschnell. Und blitzschnell jagten auch die Gedanken durch seinen Kopf: Was tun?

»Hände weg vom Kinderwagen!«, warnte er.

Die Männer lachten. Einer von ihnen, der mit dem Kugelbauch, machte Anstalten, sich dem Kinderwagen zu nähern.

»Stopp!«, stellte sich Georg ihm in den Weg.

»He, Alter, mach keinen Stress!«, reagierte der Kugelbauch.

Georg postierte sich mit gespreizten Beinen vor dem Wagen. Der Bauch trat einen Schritt zurück, blickte sich um. Jemand rief ihm zu: »Wirst doch nicht etwa den Schwanz einziehen?!«

Der Bauch tat wieder den einen Schritt auf Georg zu. Beider Augen blinzelten sich an. Georg spürte, wie ihm die Hände feucht wurden, seine Beine durchfuhr ein leises Zittern.

Er überwand das Zittern. Er bäumte sich vor dem Mann mit der Bauchkugel auf, fast berührten sich ihre beiden Körper.

»Na, was ist?«, forderte die Stimme des Rufers.

»Alles, was ich jetzt tue, geschieht in Notwehr«, warnte Georg.

»Notwehr?«

Die Männer lachten.

Der Angreifer schubste Georg mit seinem Bauch an, Georg strauchelte, konnte sich aber fangen. Der Mann drängte ihn weiter in Richtung Kinderwagen. Weiter zurückweichen war nicht möglich. Georg stand mit dem

Rücken zur Wand, dazwischen gab es nur noch den Kinderwagen. Mit seiner Rechten griff er reflexartig in den Wagen hinein. Seine Hand durchwühlte dessen Inhalt, bis er fand, wonach er gesucht hatte.

Paul hatte aus seiner Ecke, den Schlafsack bis übers Kinn hochgezogen, dem Geschehen zugesehen. Er wagte kein Wort, er wagte keine Bewegung. Dann sah er, wie Georg die Pistole – *seine* Pistole – aus dem Sammelsurium hervorzog.

Verdutzt hoben die Männer abwehrend die Hände, entfernten sich aber nicht.

Als Erster traute sich der Kleinste aus der Gruppe den Mund aufzumachen: »He, he, Alter, lass man gut sein«, versuchte er zu beschwichtigen. »Pack dein Spielzeug weg.«

Georg hielt die Waffe in die Luft und feuerte einen Warnschuss ab.

Die Männer erstarrten, keiner gab einen Laut von sich. Nach Minuten gespenstischer Stille machten zwei von ihnen zögerliche Schritte im Rückwärtsgang. Auch der Bauch trat einen Schritt zurück, mehr aber nicht.

»Hau ab!«, zischte Georg ihn an. Der Mann rührte sich nicht von der Stelle.

Georg fuchtelte mit der Pistole vor dem Mann herum.

Der Mann versuchte, Georg die Waffe aus der Hand zu schlagen. In seiner Verzweiflung begann Georg, wild um sich zu schießen, ohne abzusetzen, Schuss auf Schuss, in alle Richtungen, besinnungslos, ohne Ziel. Bis das Magazin leer war.

Die Waffe fiel zu Boden, Georg fiel auf seine Matratze. Seine Leiste peinigte ihn mit stechendem Schmerz, er rang nach Luft, schluckte zwei Schmerzstiller. Dann blickte er sich um. Von den Männern keine Spur mehr. Beängstigende Stille umfing ihn. Er blickte hinüber zu Paul. Auch dort Stille. Kann es sein, dass Paul von all dem nichts mitbekommen hat, fragte er sich kopfschüttelnd.

Er schlich zu Paul hinüber. Paul lugte mit weit aufgerissenen Augen aus seinem Schlafsack hervor. An seiner linken Brustseite zeigte sich ein handtellergroßer roter Fleck.

Georg blieb unauffindbar, so sehr der Heiligmann-Verlag sich auch um Kontakt zu ihm bemühte. Die Schlafstelle am Kaufhausnebeneingang war geräumt und mit einem Hochdruckreiniger gereinigt worden. Der Verlagsvertreter musste einsehen, dass alle Nachforschungen ohne den leisesten Anhaltspunkt ins Leere verliefen. Bei der zuständigen Polizeibehörde zuckten sie die Schultern, sandten ihm beim Weggehen misstrauische Blicke nach. Beim Einwohnermeldeamt wurde auf die amtliche Schweigepflicht verwiesen. Obwohl es dort nichts zu verschweigen gab, denn auch die Amtsleute hatten nicht die leiseste Ahnung über Georgs Verbleib. Man hielt sich dort an die offizielle Lesart, dass der eine der beiden Plattenbrüder in einem Handgemenge von einer Person aus einer bis dato anonymen Gang erschossen worden sei. Doch konkret belegt war weder die Existenz dieser angeblichen Gang noch die Existenz der Person, die den Schuss abgegeben haben könnte. Möglich sei freilich auch der Freitod der betroffenen Person. Lag denn nicht die Waffe in unmittelbarer Nähe seines Körpers? Wer tötet, lässt doch nicht das Tötungsinstrument am Ort des Getöteten liegen. Ansonsten sagt doch die Erfahrung, dass sich in Kreisen wie diesen Dinge abspielen, zu der die normale Welt nur schwer Zugang findet. Und außerdem muss man doch auch einmal die Sache zu den Akten legen.

Georgs »Straßenbilder« ergaben ein gut 180 Seiten starkes Buch. Ein Buch ohne Autor. Ohne Autor verlief auch die Präsentationstour des Buches. Anstelle des Verfassers las ein Verlagsvertreter in teils vollen, teils nicht so vollen Veranstaltungsräumen. Das Interesse der Leser am Milieu der Obdachlosen sei doch recht schwankend, befand der Autorenersatz. Die Passage mit dem tödlichen Schuss hatte er sich bei den Präsentationen immer bis kurz vor Leseschluss aufbewahrt, gewissermaßen als Klimax, er kannte seine Zuhörer und hatte es gelernt, sich auf die Fragen aus dem Publikum einzustellen.

Bei einer Lesung in der Buchhandlung einer süddeutschen Kleinstadt prasselten die Kommentare und Fragen der Zuhörer nur so auf ihn ein.

»Ich finde, die tragische Figur ist doch eigentlich der Paul. So allein gelassen von seiner Frau«, befand ein Mann mit Karohütchen und Kinnbart. »Jedenfalls nach allem, was der so dem Georg erzählt hat. Auf den hätte der Autor doch näher eingehen sollen. Haben sie denn nicht zusammengelebt?«

»Ja«, pflichtete eine Frau, auf deren Schoß ein Buchexemplar Platz gefunden hatte, dem Mann bei. »Sie haben recht. Ich jedenfalls hätte auch ganz gern erfahren, was aus seiner Hedwig geworden ist.«

Das, meinte der Vorleser, konnte weder Paul geschweige denn sein Kumpel Georg wissen. Das wäre
doch eine ganz andere Geschichte.

Und die Frau von Georg, fragte das Karohütchen.
Die hat der Autor so gut wie ganz unterschlagen.

»Der Autor hatte eher nicht die Absicht, eine authen-
tische Autobiografie zu schreiben«, versuchte der Verlagsvertreter zu erklären.

»Richtig«, befand ein Zwischenrufer. »Aber ist denn
nicht das, was er geschrieben hat, Autobiografie genug?«

Die Frau von dem Georg, was mag wohl aus ihr geworden sein, stellte die Frau mit dem Buch auf dem
Schoß ihre Frage in den Raum, ohne eine wirkliche Antwort zu erwarten.

Der Vertreter geriet ins Schwitzen, strauchelte bei der
Suche nach Erklärungen, das Gespräch mit den Lesern
schien ihm doch allzu sehr in triviale Details abzudrif-
ten. Die Antwort nach dem Verbleib Hedwigs? Wie
sollte er schon eine Antwort auf diese Frage geben können, wenn selbst der Autor sie nicht gegeben hat.

»Und der ist, wir wissen es, unauffindbar«, erklärte
der Verlagsvertreter und klappte das Vorleseexemplar
mit einem vernehmbaren Klaps zu. Die Präsentation
des Buches hielt er somit für beendet.

Vor dem Tisch mit den Verkaufsexemplaren hatte sich
eine kleine Menschenschlange gebildet. Am Ende der
Schlange stand ein Mann, der von den Umstehenden etwas argwöhnisch gemustert wurde. Ein Fremder in der
Stadt, befand man, man kannte sich hier untereinander.

Der Mann erwarb ein Exemplar. Mit dem Buch unter dem Arm lief er in Richtung Bahnhof und setzte sich auf dem Vorplatz auf eine Bank unter einer schwach leuchtenden Laterne.

Georg begann in seinen »Straßenbildern« zu lesen.